© 2017 Judith Hohmann
Lektorin: G. Schmitz u.a.

Verlag: tredition GmbH, Hamburg

ISBN Taschenbuch: **978-3-7345-8152-6**
ISBN Hardcover: **978-3-7345-8153-3**
ISBN e-Book: **978-3-7345-8154-0**

Bibliografische Information der Deutschen Nationalbibliothek:
Die Deutsche Nationalbibliothek verzeichnet diese Publikation in der Deutschen Nationalbibliografie; detaillierte bibliografische Daten sind im Internet über http://dnb.d-nb.de abrufbar.

Für
Mama & Polly
sowie alle,
die an mich glauben...

ZEITSPRUNG

The Beginning

von Judith Hohmann

ZEITSPRUNG
The Beginning
Von Judith Hohmann

Prolog

Als ich vor meinem Elternhaus stand, schlug mir das Herz fast bis zum Hals. Meine Kehle war trocken, und um meine Mundwinkel zuckte es. Ich konnte und wollte einfach nicht glauben, dass schon solch eine unendlich lange Zeit vergangen sein mochte.
Mit der rechten Hand war ich durch mein kurzes strubbeliges Haar gefahren.
Ich konnte mich noch genau entsinnen: Es war der 21. Juli 1998.
Und seither war eine lange Zeit vergangen. Für mich war es, als wäre es erst gestern gewesen, als ich das Haus verließ.
Ja, es war ein warmer Sommertag wie heute. Und auch heute schien die Sonne, jedoch mit dem Unterschied, dass man sie nicht sehen konnte. Sie lag hinter einer grauen Dunstglocke, die die Stadt bedeckte.
Ich blickte zum Himmel hinauf, und es wurde mir bewusst, dass sich die Menschheit nicht im Geringsten verändert, sich scheinbar nie wirklich für den Klima- und Umweltschutz eingesetzt hatte.
Ich wurde in dieser Ansicht gar noch bestärkt, als ich hinüber zu den Bäumen und Sträuchern sah, die um das Gebäude herum gepflanzt waren. Die Blätter hatten eine merkwürdig gelblich graue Färbung, die auf Krankheit oder Umweltbelastung hinwiesen.
Ich hob resignierend die Schultern und stand nun vor der Haustür.
Ob der Schlüssel wohl noch passen würde, fragte ich mich und blickte auf einen Bund in meiner Hand, den ich gerade aus der

Jackentasche zog.

Dann sah ich den Autoschlüssel und erschrak. Schon oft hatte ich an mein rotes Cabriolet denken müssen. Was wohl aus ihm geworden war?

Ich wusste, dass ich all die Antworten auf meine Fragen, die mich mich die ganze Zeit über beschäftigten, in diesem Haus finden würde. In dem Haus, in dem ich einst lebte und schon seit Jahrzehnten nicht mehr gewesen war.

Nach kurzem Zögern schob ich den Schlüssel in das Schlüsselloch und drehte ihn nach links. Ich hatte Angst. Nein, ich hatte nicht nur Angst vor dem, was mich vielleicht drinnen erwartete, sondern vielmehr vor den Menschen, denen ich möglicherweise gegenüberstehen würde. Die Menschen, die ich einst kannte, gar liebte.

Was ich nicht zu glauben wagte, erfüllte sich. Die Haustür schob sich ein Stück nach innen.

Als ich im Eingangsbereich stand, war ich doch ein wenig überrascht, dass sich seither nichts verändert hatte. Jedes Bild, die Möbel, alles war an seinem Platz. Für einen Augenblick kam es mir in der Tat so vor, als wäre die Zeit stehengeblieben und die Vergangenheit würde mich einholen.

Ich hörte auf einmal meine Schwester im Obergeschoss – Elena.

Nur zögernd war ich in all die Zimmer getreten, in denen ich einst lebte.

Auf einmal sah ich mein Arbeitszimmer vor mir. Ob es wohl noch existierte wie all die anderen Dinge im Haus?

Um diese Frage beantworten zu können, nahm ich jeweils zwei Treppenstufen auf einmal und stand letztendlich vor der Tür, hinter der sich meine kleine intime Welt befand, die niemand außer mir betreten durfte.

Tatsächlich. Auch hier war alles beim alten geblieben. Selbst der Computer stand noch da, offensichtlich viele Jahre unbenutzt. Der Staub verriet, dass hier seit Jahren nicht mehr sauber gemacht wurde.

Kurzerhand nahm ich das Stromkabel und verband es mit der Steckdose. Dann setzte ich mich auf den Bürostuhl, wischte den Staub vom Bildschirm sowie von der Tastatur und schaltete das Gerät ein.

Es surrte und piepste, bis nach wenigen Sekunden eine Verbindung entstand und das altvertraute Testbild erschien.

„Alles unverändert", sagte ich leise zu mir und rief die Daten von den Datenträgern ab, die hier noch verstreut herumlagen.

Da war eine Datenbank, die ich damals angelegt hatte. Ferner befanden sich noch Gedichte auf der Festplatte, die ich aus Zeitvertreib verfasste. Aber auch um mich vom Kummer und meinen Sehnsüchten zu befreien, von denen mich jeweils einer dieser beiden einmal pro Woche überkam.

Das war dann einer dieser wenigen Momente, in denen ich eine gute Flasche Wein dazu genoss, um mir einen Schwips anzutrinken.

Irgendwann dann, wenn ich mich daran erinnern wollte, rief ich die Zeilen auf den Bildschirm zurück.

Im Hintergrund lief Musik von der Stereoanlage, die ich zuvor eingeschaltet hatte.

Ich war so in Erinnerungen versunken, dass ich es nicht bemerkte, dass ich von hinten angesprochen wurde.

Erst nach nochmaligem Hinhören vernahm ich die altvertraute Stimme einer Person, die ich früher einmal kannte. Sie klang nur etwas verblasster, älter geworden.

„Was machen Sie hier? Wie sind Sie hier hereingekommen? Keiner, außer mir, war in den vergangenen Jahren in diesem Raum hier."

„Ich weiß", erwiderte ich und drehte mich langsam mit meinem Stuhl zu der Person um, die mich zuvor ansprach. „Hallo Elena."

Alt war sie geworden, alt und grau. Sie musste so um die siebzig Jahre alt sein, dachte ich, sah das eingefallene Gesicht und lächelte.

„Wie geht es dir?"

„Das kann doch nicht möglich sein!" Elena fuhr erschrocken zusammen. „Das ist unmöglich!"

Ihre Augen weit aufgerissen, lehnte sie an einem Schrank und suchte nervös nach einem Taschentuch in ihrer Rocktasche.

Ich nahm ein Tuch, erhob mich und wollte es ihr reichen, als sie zurückwich und schrie: „Bleib mir vom Leib! Du bist nicht meine Schwester. Du kannst es nicht sein. Du müsstest alt und grau sein, genau wie ich."

„Doch, ich bin es, deine Schwester Susanne", sagte ich mit ruhiger Stimme.

Ja, sie hatte recht. Ich konnte ihr nicht mit einem Satz erklären, warum ich so jung geblieben und sie um so viele Jahre gealtert war. Dazu bräuchte ich Stunden, und so viel Zeit hatte ich nicht.

Aber dennoch musste ich sie dazu bewegen, dass sie mir Glauben daran schenkte, dass ich ihre Schwester war.

„Hör mir bitte zu, Elena", begann ich. „Ich weiß, dass es verrückt klingt, dass ich deine Schwester sein soll. Und ich würde dir auch liebend gern erklären, warum ich so jung geblieben bin, obwohl ich es selbst noch nicht ganz begreife."

Da sie mich immer noch recht ungläubig ansah, wusste ich mir einfach keinen Rat mehr, als das, was ich plötzlich zu sagen wagte: „Elena, hör auf dein Gefühl. Was sagt es dir? Könnte es denn wirklich nicht möglich sein, dass ICH es bin? Wie viel Dinge auf dieser Welt, die bis heute immer noch als ungeklärte Ereignisse in Büchern wiederzufinden sind, sind doch wahr? Weißt du noch, als ich zu dir sagte, ich würde irgendwann hoch oben zwischen den Sternen reisen? Da hast du mich für verrückt erklärt, doch ich wusste, dass es wahr werden würde. Und es ist Wirklichkeit geworden."

Noch immer war ich mir im Unklaren darüber, ob sie es mir wirklich glauben würde, was ich hier erzählte. Denn, klang es nicht in der Tat ein wenig paradox? Utopien nannte sie es früher, wenn ich ihr von meinen Wünschen und Tagträumen schilderte, die ich fast täglich hatte.

In der Nacht lag ich oft stundenlang wach und dachte darüber nach, ob es Leben irgendwo auf fernen Planeten jenseits unserer Milchstraße, gar jenseits unserer Vorstellungskraft gab.

Obwohl ich in geordneten Verhältnissen aufwuchs, mein Vater war im Öffentlichen Dienst tätig und meine Mutter ging den Tätigkeiten einer Hausfrau nach, konnte mich nie jemand von meinem Wunsch fortbewegen, einmal zu den Sternen reisen zu wollen.

Mein Vater teilte manchmal meine Ansichten, denn er wünschte sich auch, dass, wenn es wirklich Leben auf fremden Planeten geben würde, diese sich auch uns „Erdlingen" zu erkennen geben könnten.

Warum sollten nicht auch Zukunftsromane Wirklichkeit werden?

Meine Mutter hingegen hielt nicht so viel von unseren Träumereien. Es mochte auch möglich sein, dass es daran lag, dass sie an solche Dinge grundsätzlich nicht glaubte. Vielleicht wollte sie es auch nicht.

Was meine Schwester anging, war ich mir immer sicher, dass sie diese Fantasie für Idiotie hielt, auch wenn ich instinktiv wusste, dass ich ihr eines Tages das Gegenteil beweisen konnte.

Als ich dann Zweiundzwanzig wurde, begann ich das Studium zur Informatikerin. Doch auch hier gab ich meine Sehnsucht nach dem Griff zu den Sternen nicht auf.

Nein, ich verstärkte sie vielmehr. Denn tief im Innern wurde ich das Gefühl nicht los, dass es bald soweit sein müsste, dass mein Wunsch in Erfüllung gehen würde. Auf welche Art und Weise jedoch, das blieb mir stets im Unterbewusstsein verborgen.

Eines Tages lernte ich dann Florian kennen.

Ich mochte ihn wirklich sehr, doch jedes Mal, wenn er mich drauf ansprach, wann ich ihn endlich heiraten würde, kam es zum

Streit, und irgendwann waren wir uns sicher, dass wir nicht zueinander passten.

Am Ende trennten wir uns.

Und so gingen die Jahre ins Land, bis eines Tages Elena und ich eine grauenvolle Nachricht erhielten: Mutter und Vater waren bei einem schweren Autounfall ums Leben gekommen.

So waren wir fortan auf uns allein gestellt, hatten Haus und einige Anwesen geerbt.

Da Elena und ich nicht heiraten wollten, unterhielten wir das Elternhaus gemeinsam. Auch wenn sich einiges geändert hatte, ich verlor nie den Wunsch nach Abenteuern und dem Flug ins All.

Selbst einige Verbindungen, die ich nach Florian einging, gingen schon nach kürzester Zeit in die Brüche. Es mochte durchaus möglich sein, dass es vielleicht sogar an mir lag, aber eines war ich mir sicher: Die Sehnsucht nach Florian und all den anderen verblasste immer mehr, je mehr ich gedanklich nach den Sternen zu greifen versuchte.

Da stand sie nun meine Schwester Elena. Früher eine blühende Schönheit, der die Männer zu Füßen lagen und heute? Heute war sie alt und grau - und gebrechlich.

Wie musste sie gelitten haben, als auch ich nach dem Ableben unserer Eltern verschwand. Ich musste ihr sehr weh getan haben, als ich mich entschied, mit den Fremden, die heute meine besten Freunde sind, von hier fort zu gehen.

Nur recht zögernd griff sie nach meinem Taschentuch und wischte sich die Tränen aus dem Gesicht.

Waren es Freudentränen oder Tränen der Trauer, die aus ihren Augen rannen?

Ich wusste es nicht genau, aber mit einem Male füllten sich auch meine Augen mit Tränen, und ich spürte, wie sich eine dieser Tränen aus meinem rechten Auge löste und hinab auf meine Jacke fiel.

„Susanne", sagte sie mit noch etwas zittriger Stimme und hielt mir die Hand entgegen. „Ja, ich weiß, dass du es bist, meine Schwester."

Sie griff nach meiner Hand und nahm mich in ihre Arme.

Auch sie wusste, dass es nur ein sehr kurzes Wiedersehen werden würde.

Das Feuer im Kamin knisterte, aber es wärmte auch angenehm und gab genügend Licht in den Raum ab.

(c) 12/2016 Judith Hohmann

Ich saß ihr im Sessel gegenüber und nahm einen Schluck des heißen Zitronentees, den sie für uns zubereitet hatte. Er schmeckte wie früher, genauso erfrischend wie wohltuend.

Für einen Moment sahen wir einander nur schweigend an, und ich wünschte mir, dass es noch einmal genauso sein mochte wie früher, so, als seien die Jahre nicht vergangen, wäre es erst gestern gewesen.

Doch ich begriff sehr schnell, dass man Jahre nicht einfach so wegstreichen konnte, so wie ich es gerne getan hätte – jetzt.

Elena blinzelte durch ihre Augengläser zu mir hinüber und sagte fast tonlos: „So gute Augen wie du habe ich leider nicht mehr."

Nach einer kurzen Pause fuhr sie fort: „Sag mir, dein Verlangen von damals, einmal ins Weltall zu fliegen, ist in Erfüllung gegangen, nicht wahr?"

Ich nickte. „Weißt du, wenn ich hier nun so vor dir sitze, kann ich nicht glauben, dass so viele Jahre vergangen sein sollen, Elena."

„Mir kam es wie eine Ewigkeit vor. Aber mir scheint, dass es dir ganz gut bekommen ist dort oben. Du bist viel hübscher geworden. Wie alt bist du jetzt? Ende Zwanzig?"

„Neunundzwanzig", gab ich zur Antwort.

Sie bemerkte meinen fragenden Blick und lächelte verlegen. „Leider habe ich mich nicht so gut gehalten wie du, Schwesterherz. Ich dagegen bin nun Sechsundsiebzig."

So alt war sie also. Ich erschrak dabei und hoffte, dass sie meine Betroffenheit nicht bemerkte, die in mir aufkam. Dass es so heftig war, damit hätte ich nicht gerechnet.

„Ja, es ist eine sehr lange Zeit seither vergangen." Ihre Stimme klang verbittert. „Weißt du, die ersten Monate habe ich angenommen, dass dir irgend etwas zugestoßen sei. Niemals hätte ich auch nur einen Gedanken daran verschwendet, dass dein Traum Wirklichkeit geworden sein könnte. Aber als ich mich daran zurückerinnerte, was am darauffolgenden Tag deines Verschwindens noch in der Tagespresse stand, wusste ich, dass es wahr war."

„Was stand dort?", wollte ich wissen.

„Sie schrieben einst über ein unbekanntes Flugobjekt, das über der Stadt gesichtet worden war. Ein junger Mann hatte damals dieses UFO von der Innenstadt aus beobachtet und sofort die Polizei informiert. Aber es war sogleich wieder verschwunden, wie es aufgetaucht war. Es muss mit dem Zeitpunkt deines Verschwindens übereingestimmt haben. Die Stadt war in heller Aufregung deswegen. Das mit dir war hingegen nicht so spektakulär."

„Und dann?"

„Ein paar Tage später ging es durch die Medien, dass sich das UFO als Flugzeug im Tiefflug herausgestellt hätte. Aber du kannst dich ja noch entsinnen, wie schnell so ein Thema beendet wurde, damit die Menschen keine weiteren Fragen stellen."

Nun war mir einiges klar geworden. Man fand wie immer keine Erklärung für das Auftauchen eines Raumschiffs. Und so musste das Flugobjekt der logischen Erläuterung weichen, dass es sich um ein Flugzeug im Tiefflug gehandelt hatte.

Ein Lächeln huschte dabei über mein Gesicht.

Wie leichtgläubig die Menschheit auf diesem Planeten doch war. Es war immer alles bei uns in bester Ordnung, und zwar so lange, bis man eine logische Erklärung für etwas fand, das für viele unerklärlich erschien.

Plötzlich musste ich wieder an mein Auto denken. Es interessierte mich auch, was aus ihm damals geworden war, und so erkundigte ich mich danach.

„Dein Cabrio?", ihre Augen verengten sich. „Ich habe es verkauft. Der Wagen erinnerte mich zu sehr an dich, und so habe ich ihn veräußert. Du weißt ja, ich hatte auch nie viel übrig für Sportcabriolets."

Elena warf mir einen Blick zu, und nach einer kurzen Pause sagte sie: „Sag mal, interessiert es dich überhaupt nicht, was aus Florian geworden ist?"

Ich wusste, dass sie davon anfangen würde. Obwohl ich im Innern die Hoffnung hegte, dass sie diesen Namen nicht nennen, ihn vielleicht sogar ganz vergessen hatte, schien dieser Wunsch, diesen Teil der Erinnerung nicht mehr aufleben zu lassen, nicht in Erfüllung zu gehen.

Es fiel mir schwer, ein freundliches Gesicht zum machen, weil mich der Gedanke an Florian Petersen doch sehr betrübte.

Ich war aufgestanden und ans Fenster herangetreten. Meine Lippen unmerklich zusammengepresst, schaute ich nach draußen.

„Ich habe den Eindruck, dass es dich wirklich nicht interessiert, was aus ihm geworden ist. Hast du dir überhaupt damals die Mühe gemacht, darüber nachzudenken, was du vielleicht den Menschen hier unten antust, wenn du sie verlässt?"

Elena war von hinten an mich herangetreten.

Sie ließ mich nicht zu Wort kommen, als ich versuchte mich zu verteidigen.

Vielmehr fuhr sie mit ihren Vorwürfen fort, als ich mich umgedreht hatte und ihr direkt ins Gesicht sah. „Zuerst war tiefe Trauer in mir, die nach Monaten sogar manchmal in Hass umschlug. Hass darauf, dass ich dich nicht verstehen konnte, wie du so egoistisch sein konntest, alle hier unten auf der Erde im Stich zu lassen. Denn schon lange war ich mir sicher, dass du irgendwo dort oben herumfliegen würdest, und es dich wahrscheinlich nicht im Geringsten berührte, was aus uns hier unten werden würde. Weißt du, was du damals Florian angetan hast? Er liebte dich immer noch wie zu Anfang, und vielleicht hat er auch daher die Hoffnung nie aufgegeben, dass du eines Tages wieder zu ihm zurückkehren würdest. Mit Dreißig war er dann ein gebrochener Mann."

Es fiel mir schwer, ihr weiter zuzuhören. Vielleicht hatte sie gar recht, dass ich eine Versagerin, eine Egoistin war. Ich hatte alles hier unten zurückgelassen wie eine sogenannte Aussteigerin, möglicherweise sogar im Stich gelassen. Aber Elena würde auch jetzt nicht verstehen, warum ich dies tat. Ich wäre, wenn ich damals hier geblieben wäre, innerlich zerbrochen.

„Lebt Florian noch?", fragte ich mit leiser Stimme.

Elena senkte den Blick. „Er ist nur Fünfundvierzig geworden, ehe er an einer tödlichen Infektionskrankheit starb. Ich hätte ihm damals so gerne geholfen, aber das, was ihm fehlte, konnte auch ich ihm nicht geben."

Sie sah mich für einen Moment vorwurfsvoll an, dann lächelte sie und sagte: „He, ich finde es großartig, dass du zurück gekommen bist, liebe Schwester. Du bist allerdings ein paar Jahrzehnte zu spät aufgetaucht. Aber nun erzähl mal, wie ist es dir in der Zwischenzeit ergangen?"

Und so begann ich zu erzählen...

Kapitel 1

Es begann an einem warmen Sommerabend im Juli des Jahres 1998, genauer gesagt am 21. des Monats. Ich hatte gerade einen anstrengenden Tag hinter mir und wollte früh zu Bett gehen, als ich noch einmal auf den Balkon hinaus getreten war, um dort den letzten Abschnitt des Abends zu genießen.
Ein leichter Nordwind blies über mein Gesicht, und für einen Augenblick fühlte ich mich aller Sorgen ledig.
Die Konturen zwischen den Bäumen am Horizont und den Sternen hoch oben am fast wolkenlosen Himmel verrieten ein harmonisches Zusammenspiel.
Ein Nachtvogel flog aus der Spitze einer Tanne, die unweit unseres Hauses stand, und verschwand in der Dunkelheit der bevorstehenden Nacht.
Aufs Neue überkam mich das Gefühl der Trauer. Wenn ich doch nur dort oben sein könnte, dachte ich und sah, wie über dem Wald, hinter den Einfamilienhäusern, eine Sternschnuppe auf die Erde niederging.
Ich schloss die Augen, und tief im Innern war da wieder jener Wunsch, dort oben zu sein, wo vielleicht auch andere Menschen lebten.
Aber warum gerade Menschen? Es war eigenartig, denn auf irgendeine Weise wurde ich das Gefühl nicht los, dass dort oben weitere Menschen sein mussten, obwohl es doch eher der Fall sein könnte, sofern dort noch andere existierten, dass eine andere, möglicherweise intelligentere Spezies, auf einem weit entfernten Planeten, in einem anderen, viel größeren Sonnensystem, leben müsste.
Als ich meine Augen wieder öffnete, sah ich, dass eine weitere Sternschnuppe auf die Erde, diesmal oberhalb des Mehrfamilienhauses, nicht weit von hier, niederging.

Ich machte mir keine weiteren Gedanken darum, dass diese gerade hier zu Boden gingen, und so drehte ich mich um und ging ins Haus zurück.

Aber ich lag noch lange wach, und so zerbrach ich mir den Kopf weiter darüber, warum gerade ich so ein eintöniges Leben führen musste. Mich überkam das Gefühl, dass ich für mehr bestimmt war. Nicht umsonst hatte ich die Hochschulausbildung zur Informatikerin angefangen, das Wissen über die Computerwelt mir zu Eigen gemacht. Da war auch der Drang nach mehr Wissen, nach neueren Technologien, die ich erlernen und kennenlernen wollte.

Obwohl ich stolz darauf sein musste, auf meinem Heimatplaneten geboren worden zu sein, sah ich nur die großen überfüllten Städte, die unter ständiger Luftverschmutzung litten, die Kriege auf den einzelnen Kontinenten, Umweltkatastrophen von unvorstellbaren Ausmaßen, hervorgerufen durch gewaltige Klimaschwankungen und verursacht durch die Hand des Menschen.

Und die Welt schwankte: Sie schwankte zwischen Armut und Reichtum, Hunger und Überfluss. Und sie taumelte weiter zwischen bewaffneten Auseinandersetzungen und Frieden.

Die Erde bekam Kriege zu spüren, wankte und vernichtete sich beinahe selbst.

Je mehr ich mir den Kopf über all die Dinge zerbrach, umso aufgebrachter wurde ich. Aufgebrachtheit über mich, wo ich doch wissen musste, dass ich als Einzelne nichts ausrichten konnte.

Und dann fragte ich mich, ob es tief im Universum nicht einen Planeten gab, auf dem es anders war als hier, auf dem schlichtweg nur Frieden herrschte.

Nach einer Weile war ich eingeschlafen.

Ich war in die erste Schlafphase gelangt. Und so vernahm ich das Pulsieren an meiner Zimmertür zuerst auch nicht.

Erst, nachdem ich mich zur Seite drehte, hörte ich im Unterbewusstsein das Klopfen.

Ich blinzelte, dachte zuerst an Elena. Aber mir fiel ein, dass Elena sich auf einer Geschäftsreise befand und erst morgen im Laufe des späten Nachmittags mit ihr zu rechnen war.

Und so schreckte ich aus meinem Schlaf auf und schnellte nach oben.

Augenblicklich sah ich den Lichtstrahl, der durch den Türspalt drang.

So hell konnte keine normale Taschenlampe leuchten. Ich nahm an, dass jemand mit einem Strahler draußen im Flur stand.

Noch nie zuvor hatte mich jemand als angstvoll bezeichnet, doch zum ersten Mal im Leben überkam mich das Gefühl der Angst.

Ich versuchte all meine Gedanken zu ordnen, denn der Strahl, der hier in den Raum drang, beruhigte mich keineswegs, zumal ich wusste, dass Elena es nicht sein konnte und ich allein im Haus war.

Ich sah mich um. Die einzige Fluchtmöglichkeit, die ich sah, falls es tatsächlich gefährlich für mich werden sollte, bestand darin, dass ich unter Umständen aus dem Fenster springen musste.

Aber mein Zimmer befand sich im zweiten Stockwerk, direkt unter dem Dach.

Mein Verstand riet mir dies nicht zu tun, denn die Wahrscheinlichkeit, dass ich unten ohne Knochenbrüche oder schlimmeres ankäme, war doch sehr gering.

Ich suchte hastig im Dunkeln nach meinen Pantoffeln und warf die Decke beiseite.

Gerade, als ich aufstehen wollte, schob sich die Zimmertür nach innen und ein greller Lichtkegel traf mich direkt ins Gesicht.

Intuitiv warf ich mich hinter das Bett und versuchte mich dahinter zu verbergen, obwohl mir klar sein musste, dass man mich schon längst entdeckt haben musste.

Einmal mehr geblendet durch die Helligkeit, zog ich letztlich die Bettdecke herunter und hielt sie schützend vor mein Gesicht.

Wer war das? Was wollte man von mir?

Es beglückte mich keineswegs, dass es gerade ich war, die sich hier im Hause alleine befand.

Nun war es aus. Ich hatte keine Option mehr, das wusste ich.

Selbst der Sprung aus dem Fenster würde mich vermutlich nicht mehr retten. Ich sah jetzt bereits die Titelseite der Tagespresse vor mir: „Junge Frau in Einfamilienhaus ermordet aufgefunden."

So gut wie jeden Tag las man diese grässlichen Artikel über solche Tragödien. Und meine Beklemmung wurde immer stärker, je mehr ich darüber nachdachte.

Nur recht zögernd, immer noch die Angst im Nacken, es könnte schon längst eine Waffe auf mich gerichtet sein, die nur darauf wartete abgedrückt zu werden, sobald ich hinter dem Bett hervorschaute, schob ich die Steppdecke nach unten, diese mit beiden Händen fest umklammert und blickte dahin, von woher das plötzlich eintretende Piepsen an mein Ohr drang, und ich in diese helle Lichtquelle starren musste.

„Haben Sie bitte keine Angst", hörte ich plötzlich eine Männerstimme sagen.

Ich sah dorthin, von wo sie gekommen war, kniff die Augen, die immer noch geblendet waren, zusammen und schüttelte den Kopf.

„Keine Angst? Soll ich vielleicht, so tapfer wie ich bin, mit meinen Pantoffeln auf Sie losgehen? Dann wäre ich mit Sicherheit lebensmüde. Mir wäre allerdings auch wohler, Sie könnten dieses verdammte Licht ausschalten. Eventuell ließe es sich dann besser unterhalten", sagte ich und zog eine Grimasse.

„Schalte den Strahler ab, Tarek", sagte eine weitere Stimme.

Es musste sich also um mehrere Personen in diesem Raum handeln, dachte ich. Wie viele es genau waren, konnte ich jedoch nicht erkennen, weil mich das Licht immer noch blendete.

Ich richtete mich auf, als der Strahler ausgeschaltet wurde.

Nun war es stockfinster im Raum. Ich konnte hören, wie sich jemand zu stoßen schien, dann war da ein Zetern, und jemand murmelte etwas von einem Schalter oder ähnlichem.

Ich verstand ihn nur ungenau und entgegnete: „Der Lichtschalter ist neben der Tür."

„Du hast es doch gehört: Der Lichtschalter ist neben der Tür", fügte die zweite Stimme hinzu. „Nicht hier, du Trottel, DAS BIN ICH."

Zuerst ein Stolpern, dann das Geräusch des Zerberstens von Glas, und am Ende war es hell im Raum.

Die beiden Deckenstrahler warfen das Licht auf zwei junge Männer in silbrig glänzenden Anzügen ab, und auf dem Boden vor ihnen lag eine Art von Taschenlampe.

„Schöne Bescherung", fluchte der etwas kleinere von beiden. „Wenn das Kommandeur Cerux erfährt, können wir freiwillig die Felder von Candar bewirtschaften."

„Einen Moment mal", unterbrach ich die beiden.

Ich war hinter dem Bett hervorgetreten und stand, nur mit einem Schlafshirt bekleidet, nun dicht vor ihnen.

Alsdann warf ich ihnen einen recht zornigen Blick zu: „Darf ich mal kurz unterbrechen in Ihrem Streitgespräch? Ich würde nämlich gerne erfahren, was hier überhaupt gespielt wird? Ich meine, es ist nun wirklich nicht die feine englische Art, in das Schlafzimmer einer jungen Frau einzudringen, zumal sie sich noch im Nachtgewand befindet, sich wie Randalierer zu benehmen und irgendein Zeug zu faseln, von dem ich nur die Hälfte verstehe."

Ich schnappte nach Luft und fügte hinzu: „Wer seid Ihr überhaupt?"

Die beiden Männer starrten sich einen Moment lang verblüfft an und warfen mir dann einen recht ungläubigen Blick zu.

Ich zuckte zusammen, als die Tür zum Schlafzimmer erneut aufging und eine weitere Person in den Raum eintrat.

Mein Verstand verriet mir, dass es sich um eine Frau zu handeln schien. Ich sah es an den feinen Gesichtszügen und den feingliedrigen Fingern, mit denen sie den Helm abstreifte. Sie hatte eine schlanke, aber gute Figur.

„Ich muss mich für das flegelhafte Verhalten meiner Offiziere entschuldigen", sagte sie auf einmal und trat ins Licht. Sie schüttelte sich, und ihre langen blonden Haare, die ihr ovales Gesicht umrahmten, fielen locker auf den durchgehenden Anzug, einem eng geschnittenen Overall.

Ich sah diese Waffe dort am Gürtel in ihrem Holster stecken. Sie sah nicht aus wie eine dieser herkömmlichen Kurzwaffen auf der Erde.

Ich musste zugeben, dass ich nie etwas Ähnliches in dieser Art gesehen hatte.

War das etwa alles nur ein Traum, den ich hier erlebte?

Meine Augen weiteten sich. Ich konnte es einfach noch nicht glauben, was hier geschah.

Die junge Frau war dicht an mich herangetreten und sah mir gerade in die Augen.

Ich spürte meine Verlegenheit und blickte rasch unter mich. „Na ja, so schlimm war es auch wieder nicht", stotterte ich. Ich wusste nicht, was ich überhaupt hätte sagen sollen.

„Es tut mir leid", begann sie, „dass wir so einfach in Ihr Haus eingedrungen sind. Aber wir haben es etwas eilig, da wir nur auf der Durchreise sind."

Es war ihr Lächeln, das mich sofort verzauberte. Ich lächelte zurück.

„Durchreise? Es tut mir sehr leid, dass ich Ihnen gerade nichts anbieten kann, aber Sie sehen ja...", ich hob meine Schultern und beäugte mein Schlafshirt.

Ich bemerkte, wie sie leise zu kichern anfing. Aber bevor es lauter zu werden schien, hielt sie rasch die Hand vor den Mund und vermied es geschickt.

Nun konnte auch ich mich nicht mehr zurückhalten. Wir waren es beide, die anfingen zu lachen.

Obwohl wir uns nicht kannten, schien das Eis zwischen uns aber gebrochen zu sein.

„Verschwindet!", gackerte sie und wischte sich die Tränen aus dem Gesicht. „Erstattet dem Kommandeur Meldung."

Augenblicklich waren wir allein im Raum, hatten aufgehört zu lachen und sahen einander an.

„Es tut mir wirklich leid", sagte sie erneut.

„Was?"

„Ich meine, dass wir uns eben so schlecht benommen haben."

„Ist schon in Ordnung", nickte ich. „Sie äußerten, Sie seien auf der Durchreise?"

Die junge Frau nickte. „Ich sollte erst einmal damit anfangen, Ihnen einiges zu erklären, Susanne", ihre Stimme war ernst geworden.

Meine Augen hatten sich verengt. Sie nannte meinen Namen, obwohl ich ihn nicht erwähnt hatte.

Doch ehe ich überhaupt fragen konnte, woher sie ihn kannte, fügte sie hinzu: „Mein Vater ist Kommandeur der Centaurius, einem Sternenkreuzer der interplanetarischen Föderation. Eher rein zufällig hat er von Ihnen erfahren. Er weiß um ihr Begehren nach höheren Technologien, und ihm ist bekannt, dass Sie sehr gut auf dem Gebiet der Computertechnologie sind."

„Aber ich bin hier nicht so gut wie Sie annehmen", unterbrach ich sie. „Es gibt sicher Menschen, die besser sind als ich."

„Doch. Sie sind verdammt gut damit vertraut, vielleicht auch zu gut, zumindest mit dem, was sich hier auf der Erde befindet", sagte sie. „Was Sie allerdings noch dazulernen müssen, um so fit wie unsere Sensor-Controller zu werden, ist doch noch eine ganze Menge."

Ich begriff nicht. Alles, was sie hier erzählte, klang für mich wie ein Märchen aus Tausend und einer Nacht. Ich fühlte mich wie eine Darstellerin in einem dieser Zukunftsfilme, die alltäglich in den Filmtheatern über die Leinwand liefen.

Doch dies hier war Realität. Ich konnte diesen Film hier nicht einfach abschalten, so wie ich es bei einem Fernseher tat, wenn ich ihn nicht mehr sehen wollte. Dieser hier hatte sein Eigenleben.

Ich drehte mich nur wortlos um, ging zum Bett hinüber und setzte mich. Dann stützte ich meinen Kopf in die Hände und gab einen Seufzer von mir. Ich fühlte mich total überfordert.

„Hey, was ist mit Ihnen?", hörte ich sie fragen.

Ich spürte, dass ich dies alles, was hier in den letzten Minuten geschehen war, nicht so verarbeiten konnte, wie ich es gern getan hätte. Vielmehr begann sich alles in meinem Kopf zu überschlagen. Ich hätte am liebsten los geweint. Aber womöglich ginge es mir wieder besser, wenn ich einfach nur los geschrien hätte.

„Wollen Sie das wirklich wissen?", schluchzte ich. Ich sah zu ihr auf und spürte, wie meinen Augen brannten. „Ich begreife rein gar nichts mehr. Mag sein, dass ich momentan mit allem hier überfordert bin. Aber ich bin auch keine Maschine, der man alles eingeben kann, die unendliche und sofortige Speichermöglichkeiten hat. Ich bin ein Mensch...und am Ende."

Ich hätte gern gewusst, was sie in dieser Sekunde dachte.

„Ich verstehe Sie, Susanne, weiß, dass dies für Sie alles wie aus heiterem Himmel gekommen ist."

Sie setzte sich neben mich auf die Bettkante und sah mich von der Seite an. „Mein Vater war einfach nicht davon abzubringen, einen Umweg zu fliegen, nur um Sie zu fragen, ob Sie mit uns kommen möchten."

„Mit Ihnen fliegen?"

Es mochte durchaus möglich sein, dass sie mich für geistig umnachtet hielt, als ich anfing zu lachen. Dieses Lachen jedoch war anders, und ich konnte es nicht unterdrücken.

„Was ist denn nun schon wieder?", fragte sie deutlich verärgert und blickte auf ihr linkes Handgelenk, um das eine Art Zeitmesser gebunden war.

„Susanne", sie sah mich eindringlich an. „Sie wissen, ich habe nicht allzu viel Zeit. Ich muss auf mein Schiff zurückkehren und komme vielleicht nie mehr zurück. Deshalb appelliere ich an Sie, bitte kommen Sie mit uns. Sie wissen, dass Sie hier unglücklich sind. Wir hingegen könnten Sie mit Ihrer Fähigkeit verdammt gut gebrauchen."

Die junge Frau stand auf, ging zum Fenster hinüber und öffnete es. „Das, was Sie als Meteor gedeutet haben, war eine Raumfähre der Centaurius. Vielleicht sehen Sie, dass gerade von Neuem eine landet. Das heißt, dass ich unverzüglich weg muss."

Ich war neben sie getreten und sah, wie abermals ein Lichtpunkt am Horizont langsam zu Boden ging.

Mit einem Male wusste ich, dass sich meine Vorahnung bestätigte.

Aber warum wollten sie, dass ICH gerade mit ihnen fliegen sollte?

„Woher weiß ich", begann ich, „dass Sie nicht flunkern, mich nicht für beliebige militärische Zwecke benutzen wollen, um dann den gesamten Planeten zu vernichten?"

Da waren immer noch berechtigte Zweifel, ehe ich mich entscheiden würde, auch wenn die Zeit gegen mich war.

Zudem dachte ich an Elena und Florian, die ich nicht so einfach zurücklassen konnte, selbst wenn der Drang in mir unendlich groß war, es zu tun.

„Ihre Zweifel sind berechtigt, Susanne", sie legte ihre Hand auf meine Schulter. „Hören Sie einfach auf Ihr Innerstes. Sie werden das für Sie Richtige tun."

„Aber ich kann doch nicht so einfach alles im Stich lassen", sagte ich zu ihr und sah sie flehend an. Mir wäre wohler gewesen, wenn mir jemand die Entscheidung abgenommen hätte.

Als ich in die Raumfähre stieg, einem geschlossenen Schiff mit einer breiten Frontscheibe, war ich mir immer noch nicht im Klaren darüber, ob ich wirklich das Richtige tat.

Obwohl ich Elena ein paar Zeilen hinterlassen hatte sowie einen

Brief, den sie Florian geben sollte, wusste ich weiterhin nicht, ob es doch ein Fehler war, mit diesen Leuten, die für mich Fremde waren, in eine für mich unbekannte Zukunft zu fliegen.

Aber der Gedanke, dass sich mein Wunsch nun endlich bewahrheiten sollte, reizte mich mehr als alle Skepsis, die mich bewegte. Jenna, so wie die junge Frau hieß, erlaubte mir, ein paar Habseligkeiten mitzunehmen. Und so hatte ich eine Tasche mit ein paar persönlichen Dingen und einigen Kleidungsstücken gefüllt und mit an Bord genommen.

Jenna erklärte mir, dass ich die Kleidungsstücke nicht benötigen würde, wenn ich mich auf dem Schiff frei bewegen wolle.

Doch sie gab meiner Sturheit nach und gestattete mir, dass ich auch diese mitnehmen durfte.

Das Gefühl, mit der Fähre von der Erde abzuheben, war ein anderes als das, mit einem Jumbojet in den Urlaub zu starten.

Man spürte überhaupt nicht, wie sie sich langsam vom Boden löste und gen Himmel flog.

Nein, nicht einmal das laute Geräusch der Turbinen eines Verkehrsflugzeugs, nur das leise Surren eines Monitors vorn in der zweisitzigen Fähre war zu vernehmen.

Nach einer Weile war das Haus nicht mehr sichtbar.

Die Stadt, in der ich lebte, wurde immer kleiner, und je mehr wir uns von dem Planeten entfernten, umso mehr überkam mich ein Gefühl von Traurigkeit, aber auch Freude.

Traurigkeit darüber, dass ich diesen Planeten, der meine Heimat war, mit den Menschen darauf, die ich kannte, vielleicht niemals mehr wiedersehen würde, und Freude, dass nun endlich mein Traum in Erfüllung ging.

„Fähre Drei an Centaurius, bitte kommen!"

Ich sah, wie Jenna eine Taste unter den vielen Kontrolllampen betätigte und etwas in ihr Mikro im Helm sprach. Über die Komm-Verbindung konnte ich mithören, was gesprochen wurde.

Es rauschte und knackte, bis endlich eine Verbindung zustande kam.

„Centaurius an Fähre Drei", sagte eine Frauenstimme. „Habe Sie auf dem Monitor. Fliegen Sie auf direktem Wege ein!"

„Habe verstanden", gab Jenna zur Antwort und bediente neben einigen Schaltern einen Steuerknüppel, ehe das Schiff eine Linksschleife ziehen konnte.

Vor mir auf dem Bedienfeld gab es darüber hinaus eine Tastatur.

Nichts war vergleichbar mit dem Armaturenbrett eines modernen Automobils oder der Kanzel eines Militärjets. Hier schien alles auf das Notwendigste beschränkt, übersichtlich und leicht zu bedienen.

Ich fragte mich, mit welcher Technik dies hier möglich war?

Ein einmaliges Schauspiel begann sich vor mir abzuspielen.

Wir durchstießen die Atmosphäre des Blauen Planeten und flogen an einigen Satelliten in der Umlaufbahn vorbei.

Was für ein Weltraumschrott hier aus vergangenen Zeiten herumflog, einfach nicht zu fassen!

Wir näherten uns langsam einer Art Raumstation.

Oh Nein, diese Station entpuppte sich als gigantisches Raumschiff, welches im Orbit der Erde flog.

Es wirkte größer und ausdrucksvoller als jene von Zukunftsfilmen, widersprach all meinen Vorstellungen, die ich mir längst über solche gemacht hatte.

„Das ist sie, die Centaurius", vernahm ich Jennas Stimme über die Komm-Verbindung.

„Atemberaubend", murmelte ich.

Obwohl ich ganz und gar beeindruckt davon war, wie sich alles vor meinen Augen abspielte, fiel es mir schwer mich mit dem Gedanken vertraut machen, dass ich in den kommenden Minuten ein wirkliches Sternenschiff betreten würde.

„Das ist noch ein kleines Schiff", sagte Jenna. „Du müsstest mal die riesigen Kreuzer sehen, die auf festen Routen durchs All fliegen. Du würdest Augen machen."

Hatte sie mich da etwa geduzt?

Ich drehte meinen Kopf zur Seite und bemerkte, dass sie dasselbe getan hatte.

Im Schein der Cockpitbeleuchtung sah ich ihr bezauberndes Lächeln.

„Ich habe noch nie im Leben etwas ähnliches in dieser Größenrelation gesehen", gab ich zu.

„Es gibt leider nur noch wenige Schiffe von diesen Kreuzern, die die Brücke zwischen den Welten darstellen."

„Wieso nur wenige?", wollte ich wissen.

„Raumpiraten", sagte sie knapp.

„Raumpiraten?" Die Farbe wich mir aus dem Gesicht. „Du willst doch nicht damit sagen, dass es möglicherweise für uns…?"

„…gefährlich werden könnte?" Sie ergänzte, was ich nicht auszusprechen wagte. „Die Gefahr lauert überall, meine Liebe. Dir kann jeden Tag etwas passieren. Du darfst nur nicht darauf warten, bis dir etwas geschieht."

„Wie beruhigend deine Worte klingen", ich verzog mein Gesicht. Dann fuhr ich fort: „Hinsichtlich deiner Raumpiraten meinst du also frei nach der Devise 'Puste lieber dem anderen das Gehirn ZUERST weg, bevor er es tun kann', ja?"

„Ich sehe", griente sie, „du hast schon gelernt."

„Oh vielen Dank", gab ich zurück.

Mir war ziemlich mulmig zumute. Ich hatte A gesagt, so musste ich nun auch B sagen. Was blieb jetzt anderes übrig? Ich konnte nicht mehr zurück.

Welch Aussichten…

Als ich durch die schier endlosen Gänge des Sternenkreuzers ging, begleitet von Jenna, hatte ich keine Ahnung davon, was mich auf der Kommandobrücke erwarten würde.

Ein kleines Gefühl des Triumphs überkam mich, hatte ich doch gewonnen mit dem, was ich stets über die Weiten des Weltalls dachte, und dass wir nicht alleine im Universum waren. Leider hatte es den bitteren Beigeschmack, dass ich es Elena nicht mehr ausführlich mitteilen konnte. Ich konnte ihr nicht mehr sagen, dass mein sehnlichster Wunsch in Erfüllung gegangen war.

Ich war nun an einer Metalltür angelangt, hochglänzend, ein Material, was ich so auf der Erde nie gesehen hatte.

„Deine Hand muss dort aufliegen", Jenna wies mit dem Kopf auf eine kleine Platte daneben, die über einen Sensor verfügte.

„Die Türen reagieren mit ihrem Öffnungsmechanismus auf dem Prinzip der Wärmestrahlung. Du musst immer, wenn du einen Raum oder anderen Teil des Schiffes betreten möchtest, die Platten berühren. Aber ich bin mir sicher, dass du rasch selbst dahinter gekommen wärst."

Ich legte ohne etwas zu sagen meine rechte Hand auf die Platte, und fast im selben Augenblick schob sich die Türe lautlos zur Seite.

Worauf ich gespannt war, erfüllte sich, ich befand mich auf der Kommandobrücke.

h spürte, wie ich von allen Seiten angestarrt wurde.

Für einen kurzen Moment fühlte ich mich wie auf einem Präsentierteller; alle Männer und Frauen, die hier ihre Arbeit verrichteten, blickten mich nicht wenig erstaunt an.

Ein älterer Mann mit graumelierten Haaren und Vollbart erhob sich von einem Stuhl, der sich in der Mitte des Raumes befand, und war an mich herangetreten.

Jenna hatte mir, indem wir durch die schier endlosen Gänge gingen, ein wenig über ihn erzählt, unter anderem, dass die gesamte Besatzung ihn genauso fürchtete wie liebte.

Sie beschrieb ihn außerdem als sehr sanftmütig.

Der erste Eindruck, als er mir direkt gegenüber stand, bestätigte mir dies alles und machte ihn mir nicht weniger sympathisch.

Ehrfurcht, das war es, was noch fehlte. Er strahlte Ehrfurcht aus.

Wenn auch groß und stabil, hatte er nichts von der typischen

Unbeholfenheit des Muskelprotzes an sich. Seine Bewegungen waren fließend und anmutig. Und seine Haltung hingegen wirkte leger.

„Sie sind also Susanne", er lächelte und streckte mir die Hand entgegen. „Ich heiße Sie in meinem Namen und meiner Mannschaft herzlich willkommen auf der Centaurius."

Er machte eine kurze Pause, fuhr dann fort: „Ich habe bereits vernommen, dass es viel Überredungskraft gekostet hat, Sie zu überzeugen, mit uns zu kommen. Obwohl ich zugeben muss, dass ich mir das bei meiner Tochter nur schwer vorstellen kann."

Schließlich ergänzte er: „Sie sind viel attraktiver, als ich Sie von Bildern her in Erinnerung habe."

„Oh, vielen Dank für das Kompliment", ich spürte, wie Röte in mein Gesicht stieg und warf Jenna einen Blick zu.

„Vater, was machst du da? Du machst sie ja ganz verlegen", lächelte Jenna vor sich hin. „Obwohl, ich muss gestehen, da ist etwas Wahres dran."

„Kommandeur", ein junger dunkelhaariger Mann mit Dreitagebart war zu uns gekommen, und ich erkannte ihn als den größeren der beiden wieder, die sich bei mir im Schlafzimmer aufhielten.

Seine lässige Haltung und das tiefhängende Waffenholster mit dem Blaster darin, das locker und scheinbar stets griffbereit am Gürtel hing, vermittelte mir den Eindruck des Hitzkopfs und Frauenhelden.

Ich musste innerlich grinsen, denn der Gedanke, dass er vielleicht auch mich...

Oweia, es bereitete mir sogar allzu große Verzückung mir auch nur vorzustellen, dass er ein Filou sein könnte.

Er bemerkte, dass ich ihn unter die Lupe genommen hatte und hob die Augenbrauen.

Es mochte durchaus möglich sein, dass es an der Gegenwart des Kommandeurs lag, dass er sich nur leise räusperte.

Nicht im geringsten hätte es mir etwas ausgemacht, mit diesem Kerl ein Wortgefecht zu beginnen.

Ich riss mich zusammen, obwohl mich die Vorstellung doch sehr reizte.

„Susanne, darf ich Ihnen Tarek vorstellen? Er ist der diensthabende Offizier, aber auch der beste Flieger hier an Bord", sagte Cerux.

Mein Verdacht hatte sich tatsächlich bestätigt, er war also doch einer dieser Weltraumhelden. Ich vergeudete keine Zeit mehr darauf, mir den Kopf darüber zu zerbrechen, wieso ich ihn so einschätzte.

„Hallo", ich tat überrascht. „Nett, Sie kennenzulernen."

„Susanne, entschuldigen Sie mich nun bitte, aber die Pflicht ruft. Ich habe Jenna und Tarek angewiesen, Ihnen das Schiff und Ihre

Kabine zu zeigen." Der Kommandeur wandte sich zum Gehen. „Wir sehen uns sicherlich beim Essen."

„Ist der eigentlich immer so arrogant?" Ich presste die Lippen unmerklich zusammen.
Noch während ich meine Sachen aus der Tasche sortierte und sorgsam in meinen Spind einsortierte, begann mir dieser Offizier nicht mehr aus dem Kopf zu gehen.
Die Kabine, die ich mit Jenna teilte, lag direkt gegenüber der des Kommandeurs.
Schwaches Neonlicht erhellte die spartanisch eingerichtete Kabine, in der sich neben den beiden Spinden noch ein Etagenbett befand.
„Wer? Tarek?"
Jenna hatte mein Bett hergerichtet und lag nun, die Arme im Nacken verschränkt, auf dem oberen Teil des Kabinenbettes.
Ich nickte.
„Du magst ihn nicht besonders, wie?" Die junge Frau hatte sich zur Seite gedreht und sah mir gerade in die Augen.
Ich wurde nervös, während sie mich so ansah. „Nicht besonders", stotterte ich. Schließlich fasste ich mich wieder.
„Es soll aber nicht heißen, dass ich ihn gar nicht leiden kann. Er ist nur so überheblich, eventuell sogar anmaßend. Oder es liegt an den zwei Persönlichkeiten, die hier aufeinander prallen."
„Es tut mir leid, dass er bei dir solch einen Eindruck hinterlassen hat. Aber glaube mir", sagte sie mit sanfter Stimme. „Je näher du ihn kennenlernst, umso mehr wirst du ihn mögen. Wie wir alle eben. Selbst Vater hat ihn in sein Herz geschlossen. Er ist wie ein Sohn für ihn."
„Ich hoffe es", sagte ich leise, während ich mich auf das untere Bett setzte. Dann dimmte ich langsam das Licht, bis es dunkel wurde.
„Gute Nacht, Jenna, schlaf gut."

Kapitel 2

Die ersten drei Wochen, die an Bord folgten, waren anstrengend für mich. Neben theoretischem Unterricht wurde ich, und das war die größte Strafe für mich, von Tarek in Kampfkunst und Schießen unterrichtet.

Wir stritten uns immer wieder heftig. Und es war beeindruckend, mit welcher Arglist er dies dann unterband.

Jenna stand stets abseits von uns, mit verschränkten Armen an die Wand angelehnt, und lachte herzhaft, wenn wir uns erst einmal an den Hals gingen, und ich danach zu Strafe Übungen machen musste, die an meine körperlichen Grenzen stießen.

Wie oft hatte ich das Verlangen, ihn für seinen Zynismus umbringen zu wollen.

„Dann zeig mal, was ich dir beigebracht habe", forderte er mich auf und warf mir einen Kampfstab entgegen, den ich in Bruchteil von Sekunden auffing und mich in Position brachte.

Mit anfangs simplen Schlag- und Stoßtechniken ging es durch schnelles Umgreifen in Rotation über, um den Gegner an Kopf, Nacken, Arm, Hand, Hüfte, Knie oder Bein zu treffen.

Der Stab schwang in Höchstgeschwindigkeit, Hebeltechniken und Stiche folgten.

Im gerade stattfindenden Zweikampf nahm ich mit einem Auge die Anwesenheit von Jenna wahr, die sich einmal mehr an den Rand des Trainingsraums begeben hatte, wie gehabt die Arme verschränkt, und interessiert zuschaute.

Immer wieder umkreisten wir uns auf einer Distanz von zwei Metern. Keiner von uns ließ den anderen auch nur eine Sekunde aus den Augen.

Einmal zu viel schaute ich zu Jenna hinüber, die mich nicht zum ersten Mal aus der Fassung brachte, da traf mich der Stab heftig an der linken Schulter, und ich stürzte nach hinten zu Boden.

„Verdammt", ächzte ich und richtete mich unter Schmerzen wieder auf.

„Unterschätze auf gar keinen Fall deinen Gegner", sagte Tarek tonangebend und brachte sich erneut in Position. „In einer ernsthaften Lage wärst du jetzt erledigt."

Ich ging für einen Moment in mich, visierte ihn mit meinem Blick, umgriff den Stab fester und schon ging der Kampf weiter.

Die Stangen knallten laut aufeinander, wir umkreisten uns erneut, wichen dem anderen aus, wenn dieser uns treffen wollte.

Und dieses Mal war es Tarek, der kurz die Kontrolle verlor.

Ich verpasste ihm mit der Stange einen Schlag am Kopf, er taumelte zurück und fiel nach hinten.

Auf dem Rücken liegend, sah er benommen zu mir auf. Ich hatte mich über ihn gestellt und berührte mit der Spitze des Kampfstabes seine Stirn.

„Ich glaube, jetzt ist es für dich aus", grinste ich frech, meine Augen zu Schlitzen verengt.

Im Hintergrund hörte ich, wie Jenna in die Hände klatschte.

„Bravo, Susanne, das hast du mit Bravour gemeistert."

Ich nahm den Stab runter und reichte Tarek die Hand, an der er sich hochzog.

„Das war allererste Sahne", sagte er voller Stolz. „Ich brauche dir nun nichts mehr beizubringen. Du bist soweit."

Ich konnte es gar nicht fassen.

Nunmehr war ich ausgebildet in Kampfkunst und dem Schießen mit Blastern.

Noch etwas holpernd verlief hingegen das Training im Flugsimulator mit Weltraumfähre oder Jäger.

Einmal kollidierte mein Schiff mit kleineren Brocken eines Asteroidenfeldes und löste sich in sämtliche Bestandteile auf.

Ein anderes Mal stieß ich frontal mit einem riesigen Sternenkreuzer zusammen.

Letzteres verstand ich einfach nicht und trommelte wütend mit den Fäusten auf dem Bedienfeld herum, war das Weltall doch so unendlich groß.

Ich konnte in der kurzen Zeit, in der ich mich auf der Centaurius befand, bereits Koordinaten bestimmen, machte mir Sternkarten zu Eigen.

Und ich lernte schnell, war wissensdurstig.

Alles, was man mir zeigte, ob in Theorie oder Praxis, bereitete mir irrsinnig viel Spaß.

Mir zur Seite in allen Bereichen stand Jenna, die mir immer mehr ans Herz wuchs. Diese Augen, dieses Lächeln, wenn sie mir was erklärte, ich konnte es nicht erklären, was genau es war, was mich so magisch anzog. Sie war einfach hinreißend.

Selbst Tarek bemühte sich, mir dies und jenes beizubringen.

Natürlich hingen wir uns dann auf der Stelle in den Haaren und ein Wort gab das andere. Bedauerlicherweise fanden wir keinen Mittelweg uns anzunähern.

Zu Hause auf der Erde hätte es von Elena und all meinen Freunden folgenden Kommentar gehagelt: „Was sich liebt, das neckt sich."

Aber das stand bei mir außer Debatte.

Vier hinter Masken verborgene, dunkel gekleidete Männer kamen mit langsamen Schritten auf mich zu. Sie waren bewaffnet bis an die Zähne. Ich sah sie schon, als sie noch weit entfernt von mir waren.

Und ich sah ihre auf MICH gerichteten Waffen, fühlte die Gefahr, die von ihnen ausging.

Ich wollte aufspringen und davonrennen.

Mein Körper war schwer wie Blei, und ich spürte, dass es aussichtslos war ihnen zu entkommen. Jeden Schritt, den ich tat, waren sie mir voraus, standen aufs Neue vor mir und grinsten mich breit an.

Urplötzlich waren sie wie vom Erdboden verschluckt, und ich atmete erleichtert auf.

Am Ende schloss ich meine Augen.

Rein gar nichts konnte die Gefühlserregung von mir nehmen. Sie lag bleischwer auf meiner Brust, so stark, dass ich beinahe Atemnot bekam.

Als ich zu guter Letzt meine Augen wieder öffnete, blickte ich in Öffnungen von Gewehren. Dahinter die Männer, die breit grinsend nur darauf warteten, die Abzüge zu betätigen.

Angst überkam mich, wusste, es war zu spät.

Mit einem Mal erkannte ich einen von ihnen. Es war sein Gesicht, an dem mein angsterfüllter Blick hängenblieb, und das nicht von einer Maske bedeckt war: Tarek!

Breit grinsend zog er den Waffenhahn durch.

Ein weißer, gebündelter Strahl verließ die Waffe und bohrte sich in linke Seite meiner Brust. Genau in mein Herz.

Durch dieses breite Grinsen fuhr ich, wie von unangenehmen Nervenreiz erfüllt, zusammen.

Und ich schrie.

Der Boden unter mir tat sich auf, ich fiel ins Leere, und es war nicht abzusehen, wann und wo ich aufprallen würde.

Noch während ich fiel, hörte ich eine altvertraute Stimme, wie sie mir zurief: „Los, Susanne, komm', wir müssen weg von hier!"

Jemand rüttelte an mir, rief, ich solle aufwachen, doch ich murmelte nur, sie sollten mich schlafen lassen und drehte mich auf die andere Seite.

„Verdammt nochmal, Susanne!", rief die Stimme erneut. „Wir werden angegriffen. Und du schläfst hier in aller Seelenruhe, als könne dich rein gar nichts erschüttern."

Da waren noch einige unverständliche Worte und die Stimme von Tarek, die ich nur bruchstückhaft wahrnahm.

Es fiel mir nicht leicht, mich aus diesem Teil des Schlafes zu lösen, und so konnte ich nur schemenhaft Gesichter vor mir erkennen, als ich langsam meine Augen öffnete.

Beißender Rauch stieg mir in die Nase, und ich fragte: „Was ist geschehen?"

„Beeil dich!", rief Jenna, die hastig ein paar Kleinigkeiten zusammen suchte und in einer Tasche verstaute. „Wir müssen so rasch wie möglich von Bord."

Ich begriff nur schwer. Als ich jedoch Tarek mit einem Lasergewehr im Anschlag direkt vor meinem Bett neben Jenna stehen sah, gefror mir das Blut in den Adern.

(c) 12/2016
Judith Hohmann

Unter extremen Herzklopfen richtete ich mich auf.

„Los, beeil dich", sagte er scharf. „Wir haben nicht genügend Zeit, um dich über den Stand der Dinge an Bord zu informieren. Denn es wird allerhöchste Zeit hier zu verschwinden. Die Rettungsfähre wartet nicht ewig auf uns."

„Wie nett", sagte ich spitz. Ich griff nach meiner Decke und zog sie hinauf bis zum Hals. „Würdest du dich bitte umdrehen, damit ich mich ankleiden kann?"

Der junge Mann zog die Brauen zusammen.

„Wie bitte?" Er tat so, als hätte er mich nicht verstanden.

„Du hast richtig gehört", ich spürte, wie meine Stimme gefährlich leise wurde. „Ich habe dich gebeten, dich umzudrehen um mich ankleiden zu können. Du kannst aber auch gerne den Raum verlassen, falls dir das lieber ist."

Bevor ich meine spitzen Äußerungen fortführen konnte, suchte Tarek den direkten Augenkontakt und sagte: „Glaub ja nicht, ich hätte noch keine Frau nackt gesehen. Außerdem würde ich mich an deiner Stelle eilen, ehe die Raumpiraten dir dein schönes Hinterteil ansengen."

Er machte eine kurze Pause, und fügte dann mit einem breiten Grinsen hinzu: „Und dies wäre doch nun wirklich schade."

„Oh, ich zweifle nicht daran, dass du schon des öfteren Frauen SO gesehen hast. Aber du solltest dich damit abfinden, dass du mich niemals so zu Gesicht bekommst", funkelte ich zurück.

Plötzlich schrie ich unvermittelt: „Also raus hier, ehe ich es mir anders überlege und zur Furie werde!"

Ich hörte nicht mehr, was er noch alles sagte, aber ich lächelte siegreich, als er pampig die Kabine verließ.

Jennas vorwurfsvoller Blick entging mir nicht, während ich die Bettdecke beiseite warf und nach meiner Hose suchte.

Noch während ich auf einem Fuß herumtänzelte und mit dem anderen versuchte, in das Hosenbein zu schlüpfen, sagte ich leise: „Tut mir leid, aber er bringt mich immerfort zur Weißglut."

Wusste ich doch, wie hirnverbrannt dies augenblicklich klang.

„Tut dir leid? Wollt Ihr euch ewig weiter so angiften, du und Tarek? Während draußen an Bord Menschen sterben, erklärt Ihr euch euren kleinen Privatkrieg. Meinst du nicht, dass das draußen genügt?"

Wie recht sie doch hatte, gestand ich mir ein.

Im Hintergrund hörte ich, wie sich die Angreifer bedrohlich näherten, Laserschüsse an den Wänden widerhallten, Menschen aufschrien und sogleich wieder verstummten.

Ich stand da und bemerkte, dass mich ihre Wort doch sehr getroffen hatten.

Obwohl es besser gewesen wäre, mit mir hart ins Gericht zu gehen, versuchte ich stattdessen die Fehler, die ich gemacht hatte, aus meinem Unterbewusstsein zu verdrängen.

Ohne ein weiteres Wort zu verlieren, riss ich die Schranktür auf und griff nach meiner Reisetasche, die ich aufs Bett warf.

Dann verstaute ich in Eile einige Sachen darin und schlüpfte zum Schluss in meine knöchelhohe Stiefeletten.

Schließlich sah ich das Familienfoto auf dem Regal am Kopfende, nahm es zur Hand und blickte darauf.

Ich dachte daran, dass dieses Abenteuer hier vielleicht schon mein Ende bedeuten konnte. Würde ich hier den Tod finden?

Und ich fing mich abermals an zu fragen, ob der Entschluss mit an Bord zu gehen, wirklich richtig war.

Ich bemerkte, dass Jenna neben mich getreten war.

„Ich komme sofort", ich rang mir ein Lächeln ab.

„Was ist mit dir?" Sie hatte mich mit beiden Händen an meinen Schultern zu sich herum gezogen und sah mir gerade in die Augen.

„Ich bin genauso beunruhigt wie Ihr", sagte ich. „Werden wir hier lebend raus kommen? Wer auch immer unser Gegner ist, so wie eure Gefühle bei mir ankommen, werden sie keine Gefangenen machen, nicht wahr? Jenna, ich habe große Angst."

„Ja, Susanne, auch ich habe Angst", ihre Stimme war ruhig geworden. „Aber du musst daran glauben, dass wir noch eine Chance haben. Die Rettungsfähren werden startklar gemacht."

Sie griff nun nach meiner Hand und zog mich zur Tür.

Während wir durch die Gänge um unser Leben rannten, hatte mir Jenna einen Blaster in die Hand gedrückt und ihr eigenes Gewehr entsichert.

Noch vor einigen Tagen hatte ich die Sachkunde und Praxis über die Nutzung von Schusswaffen erfolgreich abgeschlossen. Sie jedoch zu nutzen und gegen Menschen zu richten, war noch mal ein anderes Ding. Ich hoffte, dass ich dies auch wirklich konnte.

Der Sternenkreuzer bestand aus verschiedenen Decks, und wir befanden uns auf dem C-Deck, als die Piraten die Brücke erreicht und in ihre Gewalt gebracht hatten. Das C-Deck grenzte an jenes Deck, in dem auch die Rettungsfähre untergebracht war, eines von vier Schiffen, das jeweils bis zu zehn Menschen aufnehmen konnte.

Dieser Bereich lag weit genug von der Kommandobrücke, und wir hatten dadurch die Klarheit, dass die Piraten noch mindestens zehn Minuten benötigen würden, ehe sie uns erreicht hätten.

So konnten wir noch in Ruhe Startvorbereitungen treffen, um heimlich zu verschwinden.

Die Fähre erinnerte vom Innenraum her an jene Schiffe, wie sie in Zukunftsromanen beschrieben waren. Die Bordinstrumente waren ebenso angeordnet, nur ihre Funktionen waren echt.

Noch immer glaubte ich, mich in einer Traumsequenz zu befinden, dies alles keine Wirklichkeit war, und aus der ich irgendwann erwachen würde. Und Elena würde mich behutsam wecken und fragen, welcher Albtraum mich geplagt hätte.

Dann würde ich ihr von diesem Traum freudestrahlend erzählen, jedoch daraufhin erneut traurig werden, da es sich ja nur um einen Traum gehandelt hatte.

Tarek, der bereits die Turbinen des Schiffes gestartet hatte, um sogleich aus der Seitenschleuse des Kreuzers fliegen zu können, hatte sich in einem engen Gang an mir vorbei gezwängt, ohne mich auch nur eines Blickes zu würdigen.

Ich wusste, dass ich ihn in seinem Ego getroffen hatte, sagte mir aber gleichzeitig, dass er selbst daran schuld war. Vielleicht wäre nun der richtige Zeitpunkt gewesen mich dafür zu entschuldigen, doch ich wollte nicht. Hatte er sich doch ungehobelt, ohne Anstand einer Frau gegenüber benommen.

Ehe er somit nicht den Anfang tat, ich machte ihn auch nicht.

In knapp einer Minute verdunkelte sich der Innenraum bis auf eine schwache Neonbeleuchtung von der Decke.

Ich sah, wie durch das Schott weitere zwei Männer eintraten, ehe sich dieses automatisch schloss.

„Können wir starten?", wollte Tarek wissen.

Kommandeur Cerux nickte, und man spürte, dass es ihm äußerst schwerfiel, den Sternenkreuzer verlassen zu müssen.

Jenna hatte mir berichtet, dass die Centaurius sein Leben bedeutete. Nachdem Jennas Mutter früh an einer unheilbaren Krankheit gestorben war, hatte ihm der Rat von Sojus wieder das Kommando über einen Sternenkreuzer verliehen.

Ich konnte mir nur ausmalen, wie schwer es ihm fallen musste, das Schiff als Verlierer verlassen zu müssen. Er musste mitansehen, wie seine Crew von diesem Abschaum von Verbrechern getötet wurde und er nichts dagegen ausrichten konnte.

Die Piraten waren jene von der übelsten Sorte, die von den Planeten ausgestoßen worden waren, weil sie gegen die dortigen Gesetze verstoßen hatten.

Aber auch jene, die wegen Mordes oder anderer schwerer Delikte zum Tode verurteilt, von den Gefängnisplaneten der Föderation geflüchtet waren und nun bereit waren dafür weiter zu morden.

Bei ihnen gab es keine Gesetze, hier regierte geradewegs die Grausamkeit. Und wer sich ihnen nicht anschloss, wurde gnadenlos ausgelöscht.

Jenna hatte mir die Piraten als verschiedenartig beschrieben. Die einen waren Menschen, dann gab es da noch menschenähnliche Wesen wie die Zarguls oder Peroianer.

Und letztlich noch anders wirkende Wesen, die nicht ansatzweise mehr menschlich waren. Im Gegenteil.

Ich sah, wie sich die Offshore-Luke leise schloss und konnte hören, wie sich die Triebwerke jetzt unwiderruflich einschalteten und zu dröhnen begannen.

Ich hatte mich in einen der Kabinensessel hinter Cerux und Tarek gesetzt und sah durch die großen Frontscheiben, wie sich ein großes Metalltor in der Wand der Centaurius zum Weltraum hin öffnete und wir mit der Rettungsfähre langsam nach draußen flogen.

„Mein Gott!", stieß Jenna hervor.

Ich sah, was die junge Frau mit diesem Gefühlsausstoß meinte.

Vor uns im Raum empfingen uns drei Schiffe mit ihren auf uns gerichteten Außenbordkanonen.

Wir wurden also erwartet.

Jedem von uns wurde in diesem Augenblick klar, dass unsere Flucht nutzlos war, wir den Angreifern bis hin zur Hinrichtung ausgeliefert waren.

Nun sollte ich die Möglichkeit erhalten, den Piraten von Auge zu Auge gegenübertreten zu dürfen...

Kapitel 3

Dunkelheit umgab mich, als ich erwachte. Durch einen Türspalt am Boden drang Licht in den Raum ein. Ein permanentes Brummen im Hintergrund hinterließ ein Gefühl von Wahnsinn bei mir, wenn man sich längere Zeit darauf konzentrierte.
Ich war allein.
Mein Kopf schmerzte, und ich fühlte mich wie gerädert. Es fühlte sich an, als hätte man mir ein Narkotikum verabreicht. Ich erinnerte mich nur noch an die Piratenschiffe, wie sie vor uns lagen und die Waffen auf uns gerichtet waren.
All das, was als nächstes geschah, entzog sich meiner Erinnerung.
Draußen vor der Tür Stimmengemurmel und lautes Gelächter.
Ich dachte an die anderen, an Jenna, Tarek und Kommandeur Cerux. Was wohl mit ihnen geschehen war? Lebten sie noch?
Noch während ich versuchte, mich mit der Dunkelheit hier vertraut zu machen, schob sich die Tür auf der anderen Seite automatisch zur Seite.
Das Licht blendete mich, und ich kniff die Augen zusammen.
„Los, komm schon, meine Kleine!" Eine raue Stimme drang an mein Ohr. Die Person, die eintrat, stand nun direkt vor mir und zog mich unsanft am Arm zu sich nach oben.
Da von ihm eine unangenehme Ausdünstung ausging, überkam mich für eine Sekunde übelster Brechreiz.
Unter Schubsen brachte er mich aus dem Raum. Ich war einfach nur froh, nicht länger in der Dunkelheit auf einer Matratze kauern zu müssen.
Davor stieß ich mit einem zwei Meter großen, behaarten Wesen zusammen, bekleidet mit einer Art Uniform, und bis an die Zähne bewaffnet.
Ich schreckte zurück und drehte mich zu dem Typen um, der mich aus dem Loch, oder wie das Ding, worin ich mich befand, auch immer heißen mochte, geholt hatte.

Dass dieser Kerl so stank, war nicht verwunderlich. Hinter mir stand ein kleiner, aus der Form geratener Mann mit Glatze.

Sein Gesicht war über und über voll mit geschwulstartigen Auswüchsen, das rechte Auge blutunterlaufen, und über dem linken trug er eine Augenklappe. Das Hemd, das er trug, war zu Fetzen zerrissen, und man konnte nur vermuten, dass die Grundfarbe einmal weiß war.

„Susanne!", hörte ich links von mir eine Frauenstimme rufen.

Ich atmete erleichtert auf, als ich in das vertraute Gesicht von Jenna sah, direkt dahinter Tarek und Cerux.

„Mein Gott, Ihr lebt", lachte ich, eilte zu Jenna und umarmte sie.

„Es tut mir so unendlich leid", sagte sie beinahe zaghaft.

„Was?"

„Vielleicht hätten wir an deinem Heimatplaneten nicht Halt machen sollen", sie wirkte bedrückt. „Diese Reise hier bedeutet unter Umständen unser aller Ende, Susanne."

Ich rang mir ein Lächeln ab. „Es lag in meinem Ermessen, Jenna. Und ich bin davon überzeugt, dass es richtig war."

Jählings erlitt ich einen harten Schlag in der Nierengegend und hatte das Gefühl, unter Schmerzen zu Boden gehen zu müssen.

Ich stolperte, fing mich aber wieder.

„Los! Der Erhabene will euch sehen", sagte der Zwei-Meter-Typ und blickte auf mich hinab, als ich mich umdrehte.

„Das behaarte Ding spricht?" Ich konnte meine bissige Anmerkung nicht zurückhalten.

Womöglich wäre es besser gewesen, wenn ich den Mund gehalten hätte.

Ich konnte nur noch flüchtig in das Gesicht von Tarek schauen, und schon traf mich in Sekundenbruchteilen der Schaft des Gewehrs an meiner rechten unteren Gesichtshälfte.

Mir wurde vor Schmerzen schwarz vor Augen, und nun ging ich zu Boden.

Noch im Augenwinkel nahm ich wahr, wie Jenna mir zur Hilfe eilen wollte.

Während das Ding, wie ich dieses Zwei-Meter-Wesen nannte, ihr mit dem Gewehrkolben in den Rücken stieß, zog der andere sie im Gegenzug sogleich an der Hemdbrust zurück.

„He, wohin so eilig?", fragte er und schaute ihr gerade in die Augen.

Sein lüsterner Blick ließ nur erahnen, was er am liebsten mit Jenna getan hätte.

„Nimm die Pfoten von meiner Freundin, Fettklops!", sprudelte es trotz meines noch höllisch schmerzenden Gesichtes aus mir heraus.

Tarek warf mir einen bissigen Blick zu, der mir aber hundert Pro Jacke wie Hose war.

Ich ignorierte ihn, wusste dadurch aber auch, dass das nicht gut war, alldieweil ich durch meine Art alles daran setzte, meine Freunde hier zu gefährden.

Warum konnte ich auch meine kleine persönliche Fehde mit Tarek nicht für eine Zeitlang auf Eis legen?

„Was hast du da eben gesagt?", wütete er, und sein Gesicht war puterrot geworden.

Er ließ von ihr ab und wandte sich mir zu.

„Wiederhole dieses Wort von eben noch einmal!" Sein Auge hatte sich zu einem Schlitz verengt, und das restliche Gesicht war noch hässlicher geworden, als es eh von Natur aus schon war.

„Ich? Wieso?" Ich biss die Zähne zusammen und versuchte etwas manierlicher zu werden, was mir allerdings sehr schwerfiel.

„Ich bat Sie nur, die Hände von meiner Freundin zu lassen."

„Hilf dem Gedächtnis der Kleinen mal auf die Sprünge, Baby", diktierte er seinem haarigem Kameraden.

Baby? Ich dachte mich verhört haben zu müssen. Am liebsten hätte ich darauf auch gerne noch eine entsprechende Bemerkung los gelassen, besann mich aber eines Besseren. Ich wollte unsere Lage nicht noch mehr verschlimmern, als sie eh schon

Dank mir war.

Das zottelige Ding zog mich zu sich hinauf und drückte mich mit dem Rücken fest gegen die Wand.

„Überlege dir gut, was du jetzt von dir gibst", schnaubte er weiter. „Mein Gefährte hier kann sehr unsympathisch werden. So mancher vor dir musste seine Knochen sortieren, oder ihm wurde ohne lange zu fackeln das Genick gebrochen. Das willst du doch nicht, oder?"

„Ach ja?"

Ich erfasste, wie mir Jenna und ihr Vater zur Hilfe kommen wollten, wurden aber von weiteren Raumpiraten, die nichtsahnend wie aus dem Nichts auftauchten, mit Blastern an die andere Wandseite des Ganges gedrängt.

„Sie bereitet uns nur Probleme", hörte ich Tarek sagen. „Wenn die sie nicht töten, werde ICH sie eines Tages kaltmachen. Falls ich mich nicht vorher in sie verliebe."

Ich versuchte nach Luft zu ringen, die mir der Kerl gegenüber durch seine Kraft abdrückte. Lange konnte ich so in dieser Lage nicht mehr verharren.

Und augenblicklich verlor ich die Besinnung.

„Lass sie wieder runter, Baby."

Ich verdrehte meine Augen, als ich wieder zu mir kam und festen Boden unter den Füßen spürte.

Mit der rechten Hand griff ich röchelnd nach dem Hemdkragen und öffnete ihn.

„Also? Ich warte", drohte er und hielt mir den Lauf seiner Waffe unter die Nase.

„Aufhören!"

Wenngleich ich nicht wusste, von wem die Stimme kam, war ich ihr unendlich dankbar dafür, dass diese Order erfolgt war.

Als ich aufsah, blickte ich in die stahlblauen Augen eines hochgewachsenen jungen Mannes, der dicht vor mir stehengeblieben war und meinen Blick erwiderte.

„Danke, dass Sie dies beendet haben", lächelte ich.

Für eine Weile ruhte sein Blick auf mir, und ich bemerkte, wie ich errötete.

„Ich wusste gar nicht, dass es auch ansehnliche Piraten gibt", sagte sagte ich wahrheitsgemäß.

Wurde ich doch praktisch beim Anblick dieses Mannes kleinlaut und gab nichts besseres von mir. Er irritierte mich vollends.

„Sie sind vielleicht süß." Er lachte. „Dachten Sie etwa, bei uns seien alle nur hässlich?"

Mein Gegenüber befahl mit einer kurzen Handbewegung die Waffen zu senken.

Danach trat er an Jenna, Tarek und Cerux heran.

„Ich bitte um Verzeihung, falls man Sie schlecht behandelt hat."

Nachdem wir die Gefängnisparterre verlassen hatten, waren wir über einen Platz zu einem großen Haus gelangt, welches mich an die frühe Antike Griechenlands erinnerte.

Mein Gott, was hatte ich für einen Filmriss. Das wurde mir jetzt erst richtig bewusst. Ich hatte keine Erinnerung mehr an das, was nach Verlassen mit der Rettungsfähre von der Centaurius exakt geschehen war, als man uns überraschte.

Ich erfuhr, dass sein Name Ashe lautete, er vom Rang her Offizier war. Dass unter Gesetzesbrechern faktisch eine Rangordnung bestand, fand ich wirklich bemerkenswert.

Aus welchem Grund er aber zu den Piraten gestoßen war, wollte er mir während unserer kurzen Unterhaltung nicht berichten.

Und für was sie einstanden, so wie manche gegen irgendetwas aufbegehrten oder verändern wollten, erfuhr ich darüber hinaus nicht.

Also verlor ich letztendlich mein Interesse und versuchte mich auf das zu konzentrieren, was er von sich gab.

„Niemand weiß, wo sich dieser Planet genau befindet", gab er von sich. „Der Himmelskörper besitzt einen Schutzschild, der ihn unsichtbar für alle Abtaster außerhalb seiner Umlaufbahn werden lässt. Selbst auf einem Koordinatenfeldabtaster ist er nicht vorhanden, so als würde es Eta Octanis einfach nicht geben."

Als wir vor dem Hauptportal standen, warf er mir noch einen Blick zu. „Sie brauchen sich keine Sorgen zu machen. Ihnen wird nichts geschehen."

Fast im selben Moment öffneten sich die riesigen Türflügel des Portals und wir traten ein.

Ashe war vorausgegangen und gab einem Wachposten, der hier seinen Dienst tat, einige Anweisungen.

Dieser führte uns in einen großen, mit einem Tisch und mehreren Stühlen eingerichteten Raum und verschwand sofort wieder.

„Setzen Sie sich doch bitte", bat Ashe, der sich an das Kopfende des Tisches begeben hatte.

Wo waren die rauen Sitten, die unter Piraten herrschen sollten?

„Soweit ich weiß, machen Sie nie Gefangene", sagte Tarek scharf.

„Was sollen wir hier? Wo bleibt das Exekutionskommando?"

„Nun hören Sie mir einmal zu, Sie Hitzkopf", Ashes Stimme war leiser geworden. „Ich bin auf Ihrer Seite und möchte Ihnen helfen, sofern es in meiner Macht steht, von hier zu entkommen."

Er machte eine kurze Pause, dann fuhr er fort: „Dass die Centaurius zerstört wurde und es so viele Tote an Bord gab, tut mir sehr leid."

„Das tut Ihnen leid?" Jennas Stimme klang verbittert. „Sie sind ein Verbrecher und sprechen in unserer Gegenwart von Mitleid? Das klingt wie Spott. Viele unschuldige Menschen haben an Bord des Kreuzers ihr Leben lassen müssen. Und Sie sprechen wirklich von Mitleid."

„Hören Sie doch erst einmal zu", Ashe erhob sich vom Stuhl und blickte in die Runde. „Ich bin Doppelagent der Föderation und versuche, an die Koordinaten dieses Planeten zu gelangen. Und wenn Sie jetzt anfangen sich starrsinnig zu benehmen, bringen Sie mich und meine Mission in Gefahr. Und dann war alles umsonst."

Er ging langsam um den Tisch herum und schaute dabei auf jeden hinab. „General Vortax wäre nicht begeistert, wenn er erfährt, dass ein weiterer Agent bei dem Versuch, an die Koordinaten heranzukommen, gescheitert ist."

„Woher wissen wir, dass dies die Wahrheit ist?" Jenna, die beide Ellenbogen auf die Tischplatte aufgestützt hatte, legte ihr Kinn auf ihre ineinander gekreuzten Hände und blickte zu ihm auf.

Ihre langen blonden Haare fielen locker auf die Schultern hinab.

Auch wenn sie sehr mitgenommen aussah, dachte ich für kurze Zeit, was für eine bildschöne Frau sie doch war.

Ich bemerkte dabei dieses Lächeln auf meinen Lippen.

Cerux, der lange ruhig geblieben war und die Tischrunde einfach nur beobachtet hatte, sagte auf einmal: „Vielleicht sollten wir ihm vertrauen. Es dürfte die einzige Option sein, die uns derzeit bleibt."

„Sie wollen diesem Kerl Ihr Vertrauen schenken?" Tarek warf dem Kommandeur einen vorwurfsvollen Blick zu. „Er kann uns sonst was erzählen. Vielleicht ist es nur ein Trick?"

Dann schaute er zu Jenna. „Wer weiß, was diese Kerle in Wirklichkeit mit uns vor haben?"

„So schlecht wurden wir hier jetzt auch nicht behandelt", sagte ich gereizt. Ich bemerkte, dass er mich weiterhin übersah.

Tarek sah mich kühl an. „Meine liebe Susanne, halte dich bitte raus. Du weißt doch eh nicht, wovon wir hier sprechen."

„Wie reizend", sagte ich mit unschuldiger Miene. „Du weißt in der Tat noch wie ich heiße. Überwältigend!"

Tarek beachtete meinen Sarkasmus nicht und fuhr fort: „Möglicherweise ist dir entgangen, dass du ab und zu die Angewohnheit hast, uns in große Schwierigkeiten zu bringen. Denke mal zurück an die selbstmörderische Szene im Gang mit den beiden Typen."

„Aufgeblasener Affe", murrte ich.

Jenna zog eine Grimasse und sah mich an. „Könnt Ihr euer pausenloses Machtgerangel nicht endlich mal beilegen?"

„Er gibt mir doch keine Möglichkeit, dieser ungehobelte Superpilot", nörgelte ich leise vor mich hin.

„Dann begrabt bitte euer Kriegsbeil wenigstens so lange, bis wir zu Hause sind", flehte Jenna eindringlich. „Bitte."

Ich konnte dieser Frau einfach nichts abschlagen. Es funktionierte nicht. Sie übte eine Macht auf mich aus, die ich nicht beschreiben konnte. Auch wenn wir uns noch nicht lange kannten. Und das begriff ich einfach nicht.

Während ich dem anderen mir gegenüber die Augen hätte auskratzen können.

„Ja, ich versuche es, wenn auch nur mit Widerwillen."

Drei Sonnen in verschiedenen Gelbtönen fluteten in den kreisrunden Vorraum der Wohnungen, die man uns zugewiesen hat-
te.
Der Raum war cremefarbig, mit einem Sofa, zwei Sesseln sowie
einem kleinen Tisch ausgestattet. Vier exakt ausgerichtete Schie-
betüren an der kreisrunden Wand führten in jeweils eine Woh-
nung.
Ich stand alleine am Fenster und blickte zu den Sonnen, wovon
die mittlere mit einem sandfarbenen Gürtel umgeben war.
Nach und nach verschwanden sie hinten am Horizont in der
Abenddämmerung. Der Anblick war atemberaubend.
Hinter mir öffnete sich die Schiebetüre, und ich bemerkte wie
Ashe eintrat.
Der junge Mann schien kurz zu überlegen, dann war er neben
mich getreten.
„Sie sehen fantastisch aus", sagte er mit leiser Stimme. „Ich wol-
lte mich noch bei Ihnen bedanken."
„Wofür?", wollte ich wissen.
„Sie haben hintenherum ein Wort für mich eingelegt, besonders
bei diesem, wie hieß er noch gleich, Tarek?", sagte er. „Ich meine,
womöglich hat er ja Recht mit der Behauptung, dass man Piraten
nicht unbedingt vertrauen sollte. Zudem, wenn sie noch beteu-
ern Agenten zu sein."
Ashe griff plötzlich nach meiner Hand. „Als ich Sie heute das
erste Mal sah, überkam mich ein sonderbares Gefühl."
„Was für ein Gefühl?"
„Es war, als ob wir uns schon Ewigkeiten kennen würden. Klingt
eigenartig, nicht wahr?"
Er griff nach meiner anderen Hand und zog mich langsam zu sich
hinauf. „Sie finden mich genau so sympathisch wie ich Sie, nicht
wahr?", sagte er leise und sah mir gerade in die Augen.
„Es kann schon sein, dass...."
Ehe ich weitersprechen konnte, zog er mich an sich und spürte

das Beben meines Körpers, als er seine Lippen auf die meinen presste.

Der Kuss schien eine Ewigkeit zu dauern, als er meinen Körper langsam zurückbog.

Ich benötigte einen Augenblick, um zu Atem zu kommen.

Und nur schwer fand ich die passenden Worte. „Gehst du immer so ran, Raumpirat?"

Obwohl ich ziemlich aufgewühlt war, wusste ich nicht, ob ich hier das richtige tat. Ich fühlte mich sogar eher ziemlich schäbig.

Aber warum fühlte ich mich so? Ich wusste es nicht.

„Wir werden heute Abend fliehen", sagte er ohne Überleitung um das Thema zu wechseln. „Einer meiner Leute hat die Pläne des Schutzschildes beschafft. Das Schiff, mit dem wir fliehen werden, ist ein alter Frachter, der am anderen Ende des Nordhangars steht."

Ashe hielt, so lange er weitersprach, meine Hand fest umklammert.

„Und wenn alles reibungslos verläuft, werden wir in einigen Tagen wieder auf Xanthin sein. Vertrau mir, Susanne, ich werde dich, nein, euch nicht enttäuschen."

Auf dem Landehangar Nord, etwas abseits von den anderen Raumschiffen, stand ein Frachter, dreifach so groß wie die Rettungsfähren, die sich auf der Centaurius befanden.

Es war bereits Sieben durch, als Ashe endlich zu uns gestoßen war.

Zwei von vier Männer brachten Kisten mit, aus denen sie Blaster an uns verteilten.

Nachdem er den anderen beiden die Anweisung gab, den Offizieren des Landehangars die Order zu erteilen, dem Frachter die Starterlaubnis zu erteilen, erklärte er uns kurz, wie wir in das Raumschiff gelangen konnten.

„Das ist Selbstmord", Tarek geriet in Wut, während er Ashe reden hörte.

„Haben Sie einen besseren Plan?" Ashe blickte auf die Waffen.

Tarek wandte seinen Blick zornig ab.

„Ich werde in den Frachter steigen und ihn startklar machen. Während ich dies tue, wird einer nach dem anderen unter dem Schutz meiner Leute hinüber zu dem Schiff rennen."

Jenna, Tarek, Kommandeur Cerux und ich waren gemeinsam mit zwei von Ashes Vertrauten unbemerkt durch den letzten Korridor gehuscht. Wir waren um eine Ecke gebogen und sahen die Tür zur Landeplattform offen stehen.

Draußen auf der anderen Seite der Plattform stand der Frachter, der darauf wartete uns von hier fort zu bringen.

Aber wie aus heiterem Himmel schloss sich die Tür vor uns.

Wir bemerkten die Piraten, die sich hinter uns mit Waffen näherten und sprangen in eine Nische neben der Tür.

„Er hat uns verraten!" Tarek entsicherte sein Lasergewehr. „Ich hoffe, dass er uns nicht noch mit den Waffen herein gelegt hat und die auch funktionieren."

Aus Wänden und Türen wurden Fetzen herausgerissen und unter dem Aufprall der Energiestrahlen in hohem Bogen durch die Luft gewirbelt.

„Das kann nicht sein!" Ich schüttelte heftig den Kopf, konnte es einfach nicht glauben. Sollte Ashe tatsächlich ein Verräter sein?

„Nun, meine Liebe, du solltest dich damit vertraut machen", Tarek war direkt neben mich getreten. „Ich empfehle dir, keine Gefühle in diesen Kerl zu investieren."

Tarek erwiderte das Feuer der Raumpiraten in unbändigem Zorn. Er deckte Jenna, die verzweifelt mit dem Schaft ihres Gewehrs an der Türsteuerung herum hämmerte.

Die Tür wollte einfach nicht aufgehen. Sie blieb verriegelt.

Cerux wich den Beschüssen aus und half seiner Tochter beim Bearbeiten der Türsteuerung.

„Gibt es keinen anderen Weg?", schrie Tarek, während er weiter auf die Piraten feuerte, die stetig mehr wurden.

Jetzt kam Ich ins Spiel und musste mich beweisen. Die Zeit war gekommen, wo sich die Frage erübrigte, ob ich überhaupt in der Lage dazu war auf Menschen zu schießen. Sie war hinfällig, ob ich wollte oder nicht: Ich musste einfach.

Der erste Schuss, den ich abgab, traf einen dieser Kerle in die Brust. Während er zu Boden ging, erkannte ich ihn wieder.

Es war der kleine, korpulente Kerl mit Glatze und Augenklappe, der an Hässlichkeit kaum zu übertreffen war und Ausdünstungen von sich gab, dass einen extremer Brechreiz überkam.

„Würdet Ihr euch bitte beeilen? Ich kann uns die Typen nicht mehr lange vom Hals halten!", brüllte Tarek.

Sein Blick wanderte hastig zwischen Jenna, die weiter versuchte die Tür zu öffnen, und den immer mehr werdenden Piraten hin und her.

Ich trat neben eine total verzweifelte Jenna, sah ihr gerade in die

Augen. Dann drückte ich ihr die Waffe in die Hand. „Kümmere du dich bitte hierum. Die Schießerei steht mir nicht so wirklich."

Für einen Moment ruhte mein Blick auf ihr. „Lass es mich mal versuchen. Mit Gewalt erreichst du nichts."

Ohne lange zu überlegen, hockte ich mich hin und hatte die elektronische Türsteuerung nun direkt vor meinen Augen. So versuchte ich mir erst einmal ein Bild über die Technik zu machen, die darin zu stecken schien.

Auch wenn es schwerfiel mich darauf zu konzentrieren und sich sogar einer der gebündelten, tödlichen Strahlen haarscharf über mir in die Türe einbrannte, dauerte es nicht lange, bis der Türmechanismus reagierte.

Die Tür schob sich ein Stück nach außen.

„Du bist der Wahnsinn!", lachte Jenna, als sie die offene Tür sah.

Ihre Augen leuchteten, sie beugte sich, als ich mich aufrichtete, zu mir herüber und drückte mir unerwarteterweise einen Kuss auf den Mund.

„Gute Arbeit", äußerte Tarek sich anerkennend. „Beeilt euch! Wir müssen weg von hier!"

Was für ein verrückter Kerl, sagte ich mir, während er jeden von uns unter Feuerschutz durch die nun offenstehende Tür jagte.

Im Cockpit des Frachters war es still.

Ashe saß im Pilotensessel und beschäftigte sich mit dem Bedienfeld des Frachters. Er kippte eine Reihe von Schaltern.

Dann sprach er ins Mikro seines Headsets und bat um Aufklärung der Situation.

Wenn alles gut ging, würde die Brücke ihm Starterlaubnis erteilen. Es war nicht einfach, den anderen etwas von einem Treffen mit hochrangigen Mitgliedern der interplanetarischen Föderation vorzugaukeln, die ihm Pläne von einem hochmodernen Waffensystem zuspielen wollten.

Auch wenn der Vorteil des Schutzschildes auf der Seite der Piraraten war, hauchte ihnen das neu entwickelte Waffensystem einen gehörigen Respekt ein.

Doch Ashe erhielt nach Rufen der Hangarbrücke keine Antwort. War etwas schief gelaufen?

Ehe er nochmal fragen konnte, dröhnte es über den Lautsprecher: „Ashe, ergeben Sie sich! Ihr Plan, die Koordinaten zu stehlen, ist bedauerlicherweise gescheitert. Sie werden nicht starten können."

„Wieso gescheitert?" Ich sah ihn verunsichert von der Seite an. „Ich denke, du hast die Pläne?"

„Natürlich habe ich die Pläne!"

Ashe griff in die Brusttasche seiner Jacke und zog einen Datenstick heraus, auf den wir alle starrten.

Nachdem er ihn wieder zurück gesteckt hatte, wandte er sich erneut der Steuerung zu.

Er betätigte einen Schalter nach dem anderen und erwartete, dass das vertraute Lichtmosaik an den Steuertafeln aufleuchte. Doch nichts geschah.

Auch die anderen bemerkten, dass etwas nicht in Ordnung war.

Jenna betrachtete besorgt ein Messgerät, das ebenfalls nicht funktionierte.

„Was ist?", fragte sie.

„Ich sagte doch, dass wir ihm nicht trauen können", knurrte Tarek. „Das wird ganz sicher eine sehr kurze Flucht werden."

„Bis hierher haben wir es doch geschafft", sagte Kommandeur Cerux ruhig und war von hinten herangetreten. „Ich denke eher, dass Ashe hereingelegt wurde. Ich traue ihm noch immer."

Es war Jenna, der nicht entgangen war, wie Cerux nach einer Waffe griff und auf den Ausgang des Frachters zuging.

„Was hast du vor, Vater?" Sie war ihm nachgeeilt.

„Mein Kind", sagte er mit sanfter Stimme. „Versucht Ihr, das Schiff startklar zu bekommen. Ich werde in der Zwischenzeit die Piraten von euch ablenken."

Fest entschlossen in seinen letzten Kampf zu ziehen, strich er seiner Tochter zärtlich über ihr Gesicht. „Lebe wohl, mein Kind. Du und deine Freunde, Ihr habt eine andere Vorherbestimmung. Ihr müsst Xanthin und die anderen Welten vor dem Untergang der Piraten bewahren."

„Nein, Vater!" Jennas Augen füllten sich mit Tränen. „Das ist doch reiner Selbstmord. Du darfst nicht gehen..."

Ehe Jenna weitersprechen konnte, gab Cerux ihr einen Kuss auf die Stirn. Und so rasch, wie sich die Offshore-Luke öffnete, war er auch schon verschwunden.

„Er wird getötet werden", Tränen rannen ihr über das Gesicht. „Warum?"

Obwohl wir alle sehr betroffen über die Reaktion von Cerux waren, überlegte ich nicht lange, war zu Jenna gegangen und nahm sie in meine Arme. Sie tat mir so leid.

„Du konntest es nicht verhindern. Er wollte es so."

Tarek kam hinzu und sah Jennas Tränen. „Warum hat er das getan?"

„Bitte geh", bat ich ihn.

Das erste Mal verspürte ich ihm gegenüber keinen Zorn. „Es ist hier gerade sehr, sehr unpassend."

Er war geplättet, hob die Schultern und verschwand wortlos in der Raumschiffkanzel des Schiffs.

Kapitel 4

Die Turbinen des Frachters heulten auf, verstummten aber auf der Stelle wieder.

„Verdammt noch mal! Spring endlich an!"

Ashe schlug mit der Faust auf die Schaltkonsole.

Ich war zu ihm ins Cockpit gegangen und bemerkte, wie hoffnungslos er war. Tarek hatte sich neben ihn in den Co-Pilotensessel begeben und machte sich wie Ashe hektisch auf die Fehlersuche.

Als ich mich auf die Rückenlehne von Ashes Pilotensessel aufstützte, konnte ich nicht umhin zu fragen: „Könnte es helfen, wenn ich euch anschiebe?"

Das einzige, was ich erntete, war von beiden Seiten einen bitterböser Blick. Es war vielleicht besser, meinen vorlauten Mund zu halten. Die Lage war schon ernst genug.

Der Frachter wurde immer wieder von Laserbeschüssen der Piraten durchgerüttelt.

Dann, nach mehrmaligem Neustart und Tareks Worten „Ich habe den Fehler gefunden. Schmeiß die Kiste an und lass uns endlich verschwinden!" starteten die Turbinen und die Beleuchtung erschien in den Bordinstrumenten.

„Ich muss gestehen, das war gar nicht so schlecht", lächelte ich und verpasste Tarek einen Kuss auf die Stirn.

Der junge Mann strich sich, während er die Armaturen bediente, über seinen Dreitagebart.

Er blickte kurz zu mir auf und gewann an Farbe.

Ashe zog derweil den Starthebel langsam nach hinten durch und der Frachter hob vom Boden ab.

Aus einer Höhe von etwa fünf Metern mussten wir auf einmal etwas mitansehen, was uns die Tränen in die Augen trieb.

Durch die beiden Frontscheiben sahen wir Kommandeur Cerux, wie er sich ein heftiges Feuergefecht mit einer großen Anzahl von Piraten bot.

Diese hatten zwischenzeitig eine große Laserkanone in Position gebracht und auf uns gerichtet.

Er sah kurz zu uns auf, während der Frachter stetig an Leistung gewann, und lächelte. Als nächstes wurde er von einem Energiestrahl getroffen und sank in sich hinein.

„Oh mein Gott!" Ich senkte meinen Blick.

Erst jetzt fühlte ich die Präsenz von Jenna hinter mir.

Ich drehte mich um und stand nun vor ihr. Sie hatte alles miterlebt, stand einfach nur schockiert da und blickte starr nach draußen.

„Es tut mir so unendlich leid", ich wusste, wie absurd diese Worte jetzt klangen.

In dem Moment sackte die junge Frau in sich zusammen.

Pausenlos wurde der Frachter trotz Ausweichmanövern heftig durchgerüttelt. Wir hatten zwar den Korridor des Schutzschildes durchflogen und befanden uns in weiter Distanz zum Planeten, doch die Verfolger waren uns mit ihren Schiffen dicht auf den Fersen.

Freilich war uns diese turbulente Flucht gelungen, aber es war keine prickelnde Vorstellung in den Weiten des Universums nach einem exakten Treffer in Millionen kleiner Partikel aufgelöst zu werden.

Tarek hatte sich zu einer der beiden Außenbordkanonen begeben, die in Kabinen aus spezialgehärteten thermoplastischen Plexiglasscheiben mit Schutzverstrebungen an der Außenhaut der Fähre angebracht waren.

Diese Außenkabinen konnte man nur über Sicherheitsschleusen erreichen. In der anderen hatte ein Vertrauter von Ashe Position bezogen. Die Verständigung mit dem Schiff erfolgte über ein Headset.

Tarek zerblies derweil, von seinem Schalensitz aus unter manuel-

ler Steuerung mit seiner Laserkanone, ein paar Schiffe zu Staub.
Was auch nicht einer Fliege an Bord entging, da er johlend jeden
seiner Treffer wortwörtlich wiedergab.
Die Übermittlung „Yippieh!" hinterließ ein Schmunzeln bei mir.
Dieser Kerl war einzigartig.
Jenna hatte auf irgendeine Weise recht damit, dass man ihn
früher oder später doch noch ins Herz schließen würde. Was ich
jedoch für mich noch nicht ganz in die Praxis umsetzen konnte.
Naja, dachte ich so für mich, und mir wurde dabei warm ums
Herz, aber ein kleines bisschen schon. Nur ein kleines bisschen...
wenn er nicht gerade so ein Kotzbrocken war.
Die Sternkarten über dieses System, das wir durchflogen, waren
mir gänzlich unbekannt. Ich hoffte jedoch für die anderen und
mich, dass wir den Heimatplaneten Xanthin unbeschadet erreichten.
Nicht auszudenken, wenn wir die Verfolger abschütteln würden
und uns danach der Treibstoff ausginge.
Als ich mich bei Ashe nach der Antriebsart des Frachters erkun-
digte, erfuhr ich, dass er über einen Ionenantrieb verfügte.
Die neueren Schiffe waren allesamt mit gepulsten Plasmatrieb-
werken ausgestattet. Hierdurch war man unabhängiger, und ei-
gens dafür ausgebildete Techniker kümmerten sich um die War-
tung der Antriebselemente.
Der Beschuss durch die Piratenschiffe schien abzunehmen. Die
Abstände zwischen den Treffern wurden länger.
Ob wir es bald geschafft hatten?
Eine lange Zeit war vergangen.
Jenna, die immer noch bewusstlos in einem der vier Kabinen-
kojen lag, kam langsam wieder zu sich.
Die ganze Zeit über hatte ich bei ihr verbracht. Und jetzt freute
ich mich wie eine Schneekönigin, als sie ihre Augenlider hob.
Starkes Verlangen sie küssen zu wollen überkam mich, aber ich
verwarf es sofort wieder.

Und ich erschrak dabei über mich selbst.

Solch einen Gedankengang hatte ich noch nie zuvor gehabt.

Vielleicht war meine Freude auch einfach nur zu groß.

Egal was mich überkommen hatte, eine Antwort darauf würde ich im Augenblick nicht finden.

„Danke, dass du bei mir bist", sagte sie kaum verständlich.

Unsere Blicke trafen sich, und ich sagte mit weicher Stimme: „Ich habe mir solche Sorgen um dich gemacht. Jenna, du sollst wissen, dass ich immer für dich da bin. Immer."

„Vielleicht ist euch nicht entgangen, dass wir die Typen los sind", Tarek befreite sich, als er zu uns kam, vom Headset. „Ich bin doch ein echt klasse Typ."

Ein kleines bisschen? Dachte ich vorhin noch ein kleines bisschen ins Herz schließen?

Ich hob meinen Kopf und sah ihn mit funkelnden Augen an.

„He, was ist mit euch?", schoss es aus ihm heraus. „Bin ich schon wieder fehl am Platz?"

„Vielen Dank", sagte ich mit gefährlich leiser Stimme. „Vielen, vielen Dank."

Es war wohl mein eiskalter Blick, der ihn traf. Dieser Blick war keine Bitte mehr. Nein, es war genauer gesagt die direkte Aufforderung sich einfach nur zu verziehen.

Als nächstes verzog er sein Gesicht und ging murrend auf den Korridor zu. „Bedankt euch bloß nicht zu arg. Ihr braucht euch wirklich nicht zu bedanken, dass ich eure Hintern gerettet habe."

Es waren die folgenden Worte, die wir noch verstanden, ehe es endgültig undeutlich wurde: „Frauen! So was fürchterliches..."

Wir sahen uns an und waren es letztendlich beide, die laut loslachen mussten.

Müdigkeit und Erschöpfung hatte mittlerweile jeden von uns eingeholt. Der Frachter war nunmehr seit zwei Stunden auf Autopiloten mit den Zielkoordinaten 5-4-7,6-3-1 im Omikron-Quadranten eingestellt. Dieser befand sich im Sonnensystem Titawin.

Sofern nichts Unvorhergesehenes eintreten würde, so hatte Ashe ausgerechnet, würde die Flugzeit bis zum Heimatplaneten fünf Tage und dreizehn Stunden betragen. Alles Plus Minus, hatte er uns noch gesagt, ehe er das Cockpit verließ, um sich etwas aufs Ohr zu hauen.

Im Cockpit war alles auf Notbeleuchtung herunter gefahren.

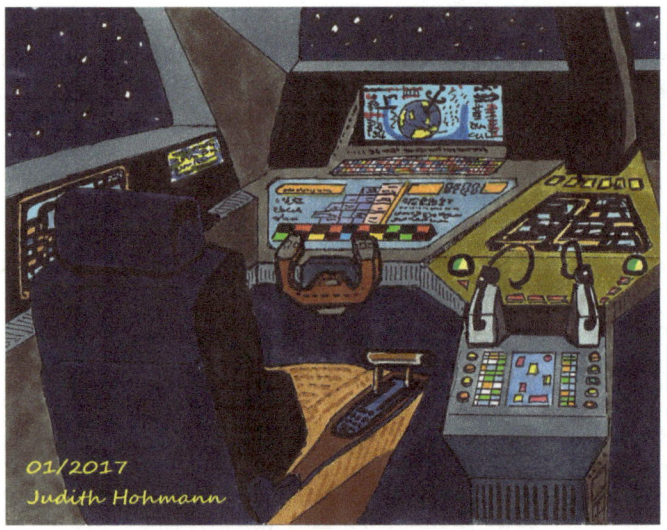

© 2/2017

Der Autopilot piepste neben leisem Surren in kurzen Abständen, um zu signalisieren, dass alles planmäßig verlief. Auf dem übersichtlich angeordneten Bedienfeld vor mir wechselten sich einzelne Sensoranzeigen farblich ab und gelegentlich wurden aktualisierte Daten auf dem separaten Bildschirm links in der Wand davon ausgeworfen.

Ich hatte es mir schon eine Weile im Co-Pilotensessel des Cockpits bequem gemacht und blickte verträumt nach draußen.

„Störe ich?"

Aus den Augenwinkeln heraus sah ich, wie Ashe eintrat.

„Nein", sagte ich leise und blickte weiter abwesend nach draußen. „Ich dachte, du wolltest dich ein paar Stunden zur Ruhe begeben?"

Im Licht des Bedienfeldes wechselte seine Hautfarbe in verschiedenen Abstufungen von Gelb über Grün in noch weitere Farbtöne. Es wirkte wie in einer Diskothek, wenn die Strahler über der Tanzfläche in verschiedenen Nuancen zum Takt der Musik aufflackerten.

Ich versuchte ernst zu bleiben, was mir jedoch misslang. Trotz nach vorn gerichtetem Blick musste ich anfangen zu kichern.

„Du siehst drollig aus", sagte ich wahrheitsgetreu.

„Warum sehe ich drollig aus?" Ashe verstand nicht und sah mich von der Seite an.

„Das Licht", sagte ich knapp und wies mit meinem Kopf auf sein Gesicht.

In der Frontscheibe sah er dann was ich meinte und fing selbst an zu schmunzeln.

„Du bist eine verrückte, aber süße Frau, weißt du das?"

Mit einem Male verging mir mein Kichern, und ich schaute überrascht, als er sich vom Sessel erhob und sich über mich beugte.

Ehe er mich küssen konnte, bog ich mich zur Seite und sagte: „Ich habe total vergessen, dass das Update hinten am Hauptrechner noch nicht abgeschlossen ist."

„Seit wann lassen sich die Computer hier auf dem Schiff warten?", fragte Ashe baff.

Ich zwängte mich aus dem Sessel heraus. „Du entschuldigst mich bitte?"

Verwirrt drehte ich mich um und verließ in Eile das Cockpit.

Das war die beknackteste Ausrede, die ich jemals in meinem Leben von mir gegeben hatte. Ich hätte mir eine runterhauen können.

Hätte ich doch einfach nur ehrlich gesagt, dass ich von ihm wie vor kurzem nicht mehr geküsst werden wollte. Es wäre schlichtweg die Wahrheit gewesen. Mit Sicherheit hätte er damit besser umgehen können.

Ich war gänzlich aufgewühlt.

Als er sich mir annäherte, sah ich vielmehr Jennas Gesicht vor mir. Und ich hätte mir so sehr gewünscht, dass sie an seiner Stelle gewesen wäre.

Beim Verlassen des Cockpits schlug ich mit der Faust, erzürnt über mich selbst, fest gegen die Wand.

Ich erkannte mich selbst nicht wieder. Da waren auf einmal Empfindungen, die ich früher für mich in Frage gestellt hätte.

Als ich die Kombüse betrat, befand sich gerade die Person dort, die für dieses Gefühlschaos verantwortlich war.

Jenna lehnte, während sie mich eintreten sah, mit dem Rücken an einem metallenen Hochschrank und nippte an einer Tasse mit frisch zubereitetem Pucca.

Pucca kam in seiner Zusammensetzung sehr dem auf der Erde vorhandenen Kaffee gleich. Er wurde ebenfalls wie eine kirschenähnliche Steinfrucht in einem langwierigen Röstverfahren hergestellt und war dabei vom Geschmack her sehr mild. Allerdings hatte er eine Färbung, an die man sich erst gewöhnen musste. Von dem Duft, der einem in die Nase zog, ganz zu schweigen.

Als ich ihn das erste Mal angeboten bekam, blickte ich mit Widerwillen in die Tasse. Alle um mich herum fingen lautstark an zu lachen, als sie meinen Gesichtsausdruck sahen.

Ihr Blick über den Tassenrand hinaus traf mich in Mark und Bein und Hitze stieg mir in den Kopf.

„Magst du auch einen haben?", fragte sie.

Ich stand wie angewurzelt da und wusste nicht, was ich ihr hätte antworten sollen.

Sie war wunderschön. Diese blauen Augen mit diesem leichten

Silberblick, dies zog mich magisch an.

Nein! Sie insgesamt zog mich magisch an.

Ich biss mir leicht auf die Unterlippe und riss mich, nachdem ich die Gedanken allesamt wieder auf der Stelle verwarf, zusammen.

„Ich weiß nicht, meinst du, ich sollte...?", stammelte ich.

„Alles in Ordnung mit dir?", fragte Jenna besorgt und stellte die Tasse ab.

Ashes Stimme drang über die Lautsprecher, und ich war froh, dass ich ihr nicht antworten musste.

„Das solltet Ihr euch ansehen. Kommt bitte hierher."

Jenna trat neben mich, und wir gingen gemeinsam zum Cockpit zurück.

Während wir die Kanzel betraten, fragte ich mich, ob es an der Enge des Durchgangs lag oder weshalb sie mit ihrer linken Hand die meine berührte.

Etwas verschämt schaute ich zu ihr hinüber.

Und es war mein Herz, was abermals heftig zu klopfen anfing.

In der Raumschiffkanzel waren die Systeme erneut hoch gefahren. Das dauerhafte Piepsen des Autopiloten war nicht mehr zu hören.

Neben Datenansammlungen jeglicher Art, die über die Bildschirme liefen, blinkten weitere Warnleuchten auf dem Bedienpult auf.

Ashe und Tarek saßen bereits in den Pilotensesseln und schauten nach vorn durch die Frontscheiben.

Als ich ebenfalls meinen Blick nach draußen wandte, gab es einen dumpfen Aufprall auf der Scheibe, und ich fuhr richtig erschrocken zusammen.

Ein Männerkörper war trotz reduzierter Geschwindigkeit frontal dagegen geprallt und danach seitlich abgedriftet.

Weitere reglose Körper schwebten vor uns in der Leere des Alls.

Eine Frau mittleren Alters, die links von mir am Seitenfenster vorbei schwebte, wirkte, als würde sie mir mit weit aufgerissenen Augen direkt ins Gesicht schauen.

Vor uns im Weltall lag ein großer Raumkreuzer der Interplanetarischen Föderation, flugunfähig. Die Außenhülle war durch Beschüsse stark beschädigt worden.

Seitlich wies der Kreuzer, bei dem es sich um ein Personenbeförderungsschiff der Rainbow-Klasse handelte, das seine festen Routen zwischen den Planeten flog, einen großen Riss auf.

Durch diesen musste eine große Anzahl an Passagieren nach außen gesogen worden sein.

Betretenes Schweigen herrschte bei diesem Anblick.

„Ein schneller Tod", unterbrach Tarek dieses. „Aber warum gerade ein ziviles Schiff? Die haben keinem etwas getan."

Ausgerechnet in diesem Augenblick sah Ashe das Signal auf dem Bedienfeld vor sich.

„Wartet mal", er betätigte einige Schalter. „Dieses Signal. Es kommt von dem Kreuzer vor uns."

„Wie, es kommt ein Signal vom Kreuzer?"

Jenna blickte zu Ashe und verschränkte die Arme. Dann lehnte sie sich mit der linken Schulter an die Außenwand, an der sich keine weiteren Bedienelemente befanden. „Könnte es denn sein, dass es sich nur um ein automatisiertes Notsignal handelt, das der Kreuzer aussendet?"

„Egal, was es ist", sagte Ashe plötzlich, „ich fliege dichter ans Wrack heran. Dann schaue ich, ob wir Raumanzüge an Bord haben. Wenn ja, dann gehe ich rein."

Wir hatten!

Und Tarek hatte nach wenigen Minuten keine Lust und Kraft mehr, sich weiter mit mir lauthals herum zu zanken.

Er winkte nur noch wütend ab, während ich triumphierend auf den Raumanzug blickte und mich darauf vorbereitete ihn anzuziehen.

Ich hatte mich während der Zeit auf der Centaurius noch nicht in einem Raumanzug außerhalb des Kreuzers im All aufgehalten. In meiner Ausbildung an Bord lernte ich zwar damit umzugehen und absolvierte sogar ein Training in einer speziell dafür vorgesehenen Vakuumröhre.

Was ich jedoch nun vor hatte, war ganz und gar Neuland für mich.

Unterm Strich aber wusste ich, weshalb ich den Streit mit Tarek gesucht hatte. Und es war nicht ausgeschlossen, dass ich mich einem großen Risiko aussetzte, wenn ich nun mit Ashe von Bord ginge.

Der Auslöser befand sich hier an Bord des Frachters: Eine bildschöne Frau mit blonden Haaren und leichtem Silberblick.

Ich wollte mich einfach für kurze Zeit aus dem Staub machen.

Flüchten vor den Gefühlen, die mit einem Male da waren, und die ich nicht einfach abstellen konnte.

Ob dies ein guter Entschluss war, würde sich noch heraus stellen.

„Mit dir zu streiten, bereitet nicht unbedingt das große Vergnügen", warf Ashe in den Raum und schlüpfte in den Schutzanzug.

Dann griff er nach der Kommunikationsträgervorrichtung und prüfte sie auf Funktion, ehe er diese über den Kopf zog.

„Ist das Hassliebe, was da zwischen dir und Tarek läuft?"

Ich merkte, wie mein Gesicht unter dem gerade aufgezogenen Helm feuerrot wurde.

Nun stand er direkt vor mir und schien auf eine Antwort zu warten.

Ich wusste jedoch nicht, was ich ihm darauf antworten sollte.

So schwieg ich.

Er prüfte die Schließvorrichtungen des Anzugs, den Helm, das primäre Lebenserhaltungssystem sowie das Reservesauerstoffpaket.

Zum Schluss zog er, nachdem ich mich umdrehen musste, noch mal unsanft an den Gurten und der Luftschleusenadapterplatte.

„Aus dir werde ich nicht schlau", hörte ich ihn über den Kommunikator sagen. „Vielleicht steige ich doch eines Tages dahinter, wie du tickst, Susanne."

Während wir in die Luftschleuse eintraten, checkte er letztmals unsere am Raumanzug befestigten Blaster sowie den Behälter für den Düsenantrieb, der an der Adapterplatte angebracht war, um hinüber zum Wrack zu gelangen.

Die Anzüge, die wir trugen, waren unbequem und schwer.

„Können wir?"

Nach meinem kurzen „Ja" in den Kommunikator schloss sich die Tür hinter uns und das Außenschott ins Weltall öffnete sich.

Wir hatten den Riss in der Außenhülle nach etwa zehn Minuten erreicht, mussten aber aufpassen, dass wir uns nicht an den herausragenden Metallteilen, die mitunter messerscharf waren, die Raumanzüge aufschlitzten.

„Pass auf, wenn wir rein gehen", sagte Ashe direkt neben mir über die Komm-Verbindung. „Sonst wird es ein kurzer Ausflug."

Derweil wir in das Schiffsinnere eindrangen, sah ich, wie Ashe die beiden am Helm zusätzlich angebrachten Strahler einschaltete.

Und ich tat kurzerhand dasselbe.

Die Leuchtkraft der Strahler, die weit in die tiefschwarzen Gänge vordrangen, waren die einzige Lichtquelle, die wir hatten.

Von der Decke hingen aus der Verankerung gerissene Schläuche nebst Kabeln und vereinzelt folgte blauer und weißer Funkenflug aus den nicht mehr abgeschirmten Kabelenden.

Die Metallwände waren von Lasereinschüssen übersät.

In unregelmäßigen Abständen flackerten ein paar rote Lichter der Notbeleuchtung. Ihnen schien langsam der Saft auszugehen.

Je weiter wir ins Schiff vordrangen, umso unheimlicher wurde es.

„Scheinbar hat man versucht das Schiff zu erbeuten", hörte ich Ashe vor mir über die Komm-Verbindung sagen. „Als das miss-lang und sie es nicht übernehmen konnten, hat man dem Kreu-zer einfach die Außenhülle aufgerissen. Das bedeutete für alle

das Aus. Was für ein grausames Ende."
Nach einer kurzen Pause ergänzte er: „So gingen sie sicher, dass niemand, aber auch niemand überlebte."
Ein Schauer rieselte mir dabei über den Rücken. Welch grässliche Vorstellung, sagte ich mir. Bis heute wussten wir nicht, was mit den anderen auf der Centaurius geschehen war, die an Bord zurück bleiben mussten. Ob sie dasselbe Martyrium durchmachen mussten?
„Ganz in der Nähe hier muss die Brücke sein."
Er registrierte nicht, wie ich auf der linken Seite neugierig vor einer Schiebetür Halt machte und sie zu öffnen versuchte.
Mit meinen Handschuhen zog ich die beiden Türhälften unter Kraftanstrengung auseinander.
Als ich dies geschafft hatte, schreckte ich aus Furcht so heftig zurück, dass ich nach hinten schoss und dort gegen die Wand prallte.
Ich hatte das Gefühl keine Luft mehr zu bekommen, nicht mehr atmen zu können. So fing ich an, immer tiefer und schneller zu atmen, stoßweise und unnormal.
„Beruhige dich, Susanne", hörte ich Ashes Stimme im Helm. „Komm wieder runter. Du hast ein Hyperventillations-Syndrom. Der Sauerstoffverbrauch ist zu hoch. Du gibst zu viel Kohlendioxid ab. Komm bitte runter!"
Ich geriet weiter in Panik, spürte, wie sich meine Hände verkrampften, hatte Angst das Bewusstsein zu verlieren.
Alles um mich herum drehte sich.
Ashe drückte mich mit seinen Handschuhen fest nach hinten gegen die Wand.
„Du musst da wieder raus kommen", sagte er laut und schaute mir aus dem Helm heraus direkt ins Gesicht.
Es war diese stressige Situation eben, der Anblick, der mich nicht wieder raus kommen ließ: Diese Gesichter, verkrampften Hände, als wollten sie weiter verzweifelt von innen an der Tür kratzen

um zu entkommen, während sich das Feuer in dem Raum unwillkürlich ausbreitete und schließlich ihre Körper erfasste.
Ich wusste nicht, wie viele sich dort im Raum befanden, aber sie
waren bis zur Unkenntlichkeit verbrannt.
Schreien, ich wollte schreien, aber ich konnte nicht.

Kapitel 5

Ashe hatte die Erkundung des Schiffswracks schlagartig abgebrochen und mich so schnell wie möglich zum Frachter zurückgebracht.

Die Schleuse durchlief den Dekompressionsprozess.

Das Außenschott öffnete und schloss sich, nachdem mich Ashe in das Innere der Schleuse gezogen hatte. Im Alleingang hätte ich es wohl sicher nicht geschafft.

Sodann erfolgte der Druckausgleich.

Unverzüglich zog er mir den Helm vom Kopf.

„Was hast du dir dabei gedacht, die Türe zu öffnen?", schimpfte er auf der Stelle los. „Du hättest tot sein können."

Auf dem Boden sitzend, mit dem Rücken gegen die Wand gelehnt, sah ich ihn nur an.

Ich fühlte mich so unendlich leer.

Vor meinem inneren Auge sah ich erneut diese Brandleichen mit ihren verformten Gliedmaßen und verzerrten Gesichtern, die unter unsagbaren Qualen gelitten haben mussten, ehe sie erlöst wurden.

Das würde ich so schnell nicht vergessen können.

Wenn überhaupt.

Ich fühlte, wie sich meine Augen mit Tränen füllten.

Ashe, der sich unterdessen fast komplett aus dem Raumanzug befreit hatte, reichte mir die Hand und zog mich zu sich nach oben.

„Mensch, Susanne", seine Stimme war weich geworden. Dann sah er mir gerade in die Augen. „Wir alle wollen dich nicht verlieren, ICH will dich nicht verlieren."

Wie er mich so in seine Arme schloss, ging hinter ihm die Schleusentür ins Innere der Fähre auf, und ich konnte sehen, wie Jenna in der Tür stand.

Konfus schaute sie zu mir hinüber.

Sie schluckte schwer, drehte sich ohne lange zu überlegen auf dem Absatz um und ging.

Verdammt, schoss es mir durch den Kopf, genau das fehlte mir jetzt noch...

Auch wenn ich mir etwas Abstand zu Jenna gewünscht hatte, es war ihre abweisende Art, die mich nun sehr belastete. Sie behandelte mich wie Luft. Da konnte ich nur einen Hut vor ihrer Konsequenz ziehen, denn da war ich Tarek gegenüber schon wankelmütiger.

Wie oft wollte ich das Gespräch zu ihr suchen. Wenn sie in der Kombüse am Tisch saß oder gerade eine Reparaturarbeit durchführte, stand ich abseits von ihr und beobachtete sie.

Aber dann verließ mich wieder der Mut.

Ich war unendlich froh, dass der Frachter groß genug war, um sich aus dem Weg zu gehen.

Es würde noch zwei Tage dauern, bis wir Xanthin erreichten.

Die Flucht vom Planeten Eta Octanis lag nun drei Tage zurück.

Braydon und Nathan, die Vertrauten von Ashe, hatten nun gemeinsam mit Jenna die Reparaturarbeiten am Frachter durchgeführt und beendet. Tarek hatte sich um die Waffensysteme gekümmert.

Obwohl ich mich nur schwer auf die Situation mit Jenna konzentrieren konnte, widmete ich mich zusammen mit Ashe den Problemen der Hauptrechner im Cockpit. Seit Fluchtantritt vermutete ich weitaus mehr als gewollt übertragene Computerviren.

Ich entdeckte, als ich die Schrauben von der Metallplatte unterhalb der Mittelkonsole zwischen den Pilotensesseln gelöst und diese beiseite gelegt hatte, einige Problematiken an der Hardware.

„Die haben schon länger gewusst", sagte ich zu Ashe, der hinter mir hockte und mir dabei zuschaute, „dass du nicht zu ihnen gehörst. Du wurdest herein gelegt. Das Schiff hier wurde dir absichtlich aufs Auge gedrückt."

Ich hielt kurz inne, löste mit Spezialwerkzeug eine Platine, als ich erschrocken etwas dahinter entdeckte, was dort unter Garantie nicht hin gehörte.

„Es wurde ein Sender an Bord der Fähre installiert!", platzte es aus mir heraus.

Ich entfernte ein kleines Kästchen, nicht größer als eine Streichholzschachtel, vorsichtig aus seiner Verankerung und reichte es Ashe. Über eine Leuchtdiode auf der Vorderseite wurde in kurzen Abständen ein Signal ausgesandt.

„Verdammt", brummte er. „Die haben auch mit mir falsch gespielt."

Er nahm ein Multifunktionswerkzeug zur Hand und löste die Schrauben des Deckels auf der Rückseite.

Noch während er den Deckel langsam abhob, erlosch die rote Diode und eine weitere fing an auf der Vorderseite Grün zu blinken.

„Ich glaube, das war keine gute Idee", sagte er leise und schaute mich an. „Wo ist das Gegenstück, das jetzt aktiviert wurde?"

Fast im selben Atemzug fingen die Bedienelemente auf dem Armaturenbrett an verrückt zu spielen.

Wir zögerten keine Sekunde und sprangen gleichzeitig auf.

„Ist dir die Anzeigetafel dort schon mal aufgefallen?", fragte ich und wies mit dem rechten Zeigefinger auf die Vorrichtung in der Mitte.

Zweifelsfrei handelte sich hierbei um einen Countdown.

„Die wussten, dass wir den Sender finden würden", Ashe drückte auf dem Bedienfeld herum, doch nichts reagierte. „Also wurde einfach ein Sicherheitsmechanismus eingebaut. Wenn der Sender entfernt wird, aktiviert sich automatisch der Countdown. Alles wurde mit einkalkuliert. Faszinierend. Die haben mich voll übers Ohr gehauen. Hoffentlich sind die Koordinaten für den

Schutzschild echt."

„Warum spielen die Geräte an Bord der Fähre alle verrückt?",
wollte Jenna wissen, als sie die Raumschiffkanzel betrat.

Als sie unsere beunruhigten Blicke sah und die aktivierte Digital-
anzeige auf dem Bedienfeld, wurde sie fahl im Gesicht.

Ihr entging außerdem das Kästchen nicht, das auf dem Bedienfeld lag und weiter Signale aussandte. „Was, zum Teufel, ist das?"

„Wir vermuten, dass sich ein Sprengsatz an Bord befindet", sagte
Ashe und fing an hektisch die Schrauben der Metallplatten zu lö-
sen, hinter denen sich Leerräume befanden oder Gerätschaften.
„Er kann überall versteckt sein. Aber wir müssen uns beeilen.
Uns bleibt nicht viel Zeit."

„Wie viel Zeit haben wir, um ihn zu finden?"

Jenna trat links neben mich.

Ich griff ohne lange zu überlegen nach ihrer rechten Hand und
hielt sie fest umklammert.

Für einen kurzen Augenblick sahen wir uns tief in die Augen. Es
fühlte sich an, als fände gerade eine ganz tiefe Vereinigung zwischen uns statt.

„Zwanzig Minuten", flüsterte ich und war unendlich glücklich,
dass sie ihre Hand nicht zurückzog. Ich wäre am liebsten im Erdboden versunken, als ich dann noch sagte: „Ich will nicht sterben.
Aber wenn es sein muss, dann nur gemeinsam mit dir."

Ich sah, wie sie an Farbe gewann.

„Wir werden nicht sterben", Jenna versuchte sich zu fangen.

„Lasst uns dieses verdammte Ding so schnell wie möglich finden
und dann nichts wie ab nach Hause."

Es war beeindruckend, über wie viele Versteckmöglichkeiten dieser Frachter verfügte. Wir alle waren unter Zeitdruck damit beschäftigt, die Winkel und Leerräume, in und hinter denen sich etwas verbergen konnte, zu kontrollieren.

Die Zeit rannte uns schlichtweg davon.

Nichts. Aber auch rein gar nichts, egal wo wir auch suchten.

Es war wie verhext.

„Wie viel Zeit verbleibt uns?", erkundigte sich Jenna, die in Schweiß gebadet war. Selbst ihre langen Haare im Nacken trieften.

Sie stand auf einem Stuhl und löste unter Anstrengung die Deckenplatte in der Kombüse. Ich stand mit Werkzeug in der Hand daneben und sicherte sie ab, damit sie nicht runter fiel.

„Noch etwa zehn Minuten", antwortete ich sichtlich nervös.

Als ich die Deckenplatte entgegennehmen wollte, glitt sie mir durch die Finger und fiel nach unten. Dass der Boden beim Aufschlag hohl klang, entging mir dabei nicht.

„Hast du das auch gehört?", fragte ich überrascht.

Prompt schauten wir beide nach unten.

Jenna hielt inne. „Ja natürlich", sagte sie und stieg vom Stuhl.

Sie trat mit ihrem rechten Fuß auf dem Boden auf, und erneut klang es hohl.

„War das schon die ganze Zeit über da?" Jenna machte einen Schritt zur Seite.

Dann sahen wir den Einlassgriff im Boden.

„Eine Bodenklappe!", schoss es aus Jenna heraus. „Ist doch klar. Wir sind auf einem Frachter, der sicher schon zum Schmuggeln genutzt wurde. Und direkt unter unseren Füßen befindet sich eines dieser Verstecke. Eigentlich hätten wir das wissen müssen."

Sie zögerte nicht und griff nach dem Lukenheber.

Unter der sechzig auf sechzig Zentimeter großen Platte, die Jenna unter Mühe weg zog, befand sich eine länglich isolierte Kammer, in der sich mühelos bis zu zehn große Kisten mit Schmugglergut verstauen ließen.

Sie griff nach ihrem Taschenstrahler, der am Gürtel ihres dunkelblauen Overalls befestigt war und schlüpfte durch die Öffnung nach unten in die Kammer.

Im Anschluss daran kniete ich mich auf den Boden und blickte kurz durch die Luke zu Jenna, die mit ihrer Lampe herumfuchtelte und wütete, dass sie sich gerade eine Beule am Kopf verpasst hatte.

Ohne zu zögern griff ich nach dem Multifunktionswerkzeug neben mir und schlüpfte ebenfalls durch die offene Einstiegsluke.

Die Stehhöhe konnte man sich unten im Raum bei einer normalen Körpergröße praktisch abschminken. Und auch bei mir dauerte es nicht lange, bis ich mir den Hinterkopf anstieß.

Die Luft in diesem nicht allzu großen Schmugglerversteck unter der Kombüse war extrem stickig. Und wer obendrein unter Klaustrophobie litt, würde es hier unten nicht eine Minute aushalten.

In einer der hinteren Ecken sah ich ihn schließlich.

Jenna hatte ihn zuvor entdeckt.

Zwischen zwei dunkelbraunen, nicht allzu großen Kartons stand er, ein silberfarbener Koffer, der im Licht des direkt darauf gerichteten Strahlers reflektierte.

Bei genauerem Hinschauen fielen uns über den seitlichen Schnappverschlüssen die beiden Leuchtdioden auf, die abwechselnd Signale aussandten. Exakt daneben war eine Kurzstabantenne angebracht.

„Ich glaube, wir haben das aktivierte Gegenstück zu dem Sender gefunden", sagte ich kaum vernehmbar. Mein Enthusiasmus über den gemachten Fund hielt sich in Grenzen.

Uns blieb nicht mehr genügend Zeit die Katastrophe abzuwenden.

Genau genommen sieben Minuten, wenn der Chronometer mir keinen Streich spielte.

Ich war froh, dass Ashe und Tarek derweil hinzu gekommen waren und sich dem Behältnis annahmen.

Ashe drängte uns schleunigst die Kammer zu verlassen. Nachfolgend konzentrierten sie sich gemeinsam auf den Koffer.

So verfolgte ich von oben, wie Ashe die Verschlüsse öffnete.

Jenna hockte dicht neben mir.

„Soritritium", äußerte er sich. „Wenn das Zeugs hoch geht, bleibt nicht mal mehr ein Elementarteilchen von uns übrig."

Das waren die einzigen Worte, die Ashe von sich gab.

Innerhalb von Sekunden wurde es dann unten mucksmäuschenstill.

Die darauf folgenden Minuten, die uns wie Stunden vorkamen, verlangten von uns allen einiges ab. Wir hielten die Luft an und hofften, dass keinem von beiden beim Entschärfen des Sprengsatzes eine folgenschwere Panne unterlief.

Nachfolgende Worte von Tarek waren es letzten Endes, die uns die innere Anspannung nahmen: „Ihr könnt aufatmen. Alles okay, er ist jetzt ungefährlich."

Um Nathan Bukaras Mundwinkel zuckte es, während er mit seinem Blaster in der Hand da stand und diesen auf Jenna richtete.

Der Einfall von Tarek, den Sender in einem der Raumanzüge zu verstauen und diesen durch die Luftschleuse in die Weite des Alls zu schicken, war unwiderleglich genial.

„Wenn Ihr schon gerade dabei seid, den Anzug samt Sendeeinheit durch die Schleuse ins All zu schicken", lispelte der Peroianer, der mit seiner Größe von unter Ein-Meter-Siebzig zu klein für seine Gattung war und durch seine grüne Haut, die aus einem verhornten Schuppenkleid bestand, fast wie eine Echse aussah, „dann seid doch bitte so nett und begebt euch ebenfalls dort hinein."

„Warum gerade du, Nathan?" Ashe verstand die Welt nicht mehr, hatte er doch sein ganzes Vertrauen in ihn gesetzt. „Von dir hätte ich es am wenigsten erwartet."

„Du lebst doch wohl nicht in dem Glauben, dass wir dich mit den Koordinaten des Schutzschildes einfach so davonkommen lassen?" Mit der Geste seines Blasters signalisierte er Jenna, den Öffnungsmechanismus der Schleuse zu betätigen, während ich einen Meter von ihr entfernt stand.

Direkt neben mir Tarek, der die ganze Zeit über ungeduldig überlegte, wie er an dessen Blaster gelangen konnte, um diesem sein, welche Formulierung wäre bei ihm zutreffend, Gehirn weg zu pusten.

Die Tür entriegelte sich, worauf sie, nachdem sie diese nach innen öffnete, eintrat und den Schutzanzug in die Kabine legte.

„Und nun Ihr!", befahl Nathan. „Rein da!"

Auf einmal ging alles extrem schnell.

Als Tarek dem Peroianer einen Kinnhaken verpasste und ihm die Waffe entriss, packte Ashe ihn an den Schultern und stieß ihn in die Schleuse hinein.

Dann huschte er hinterher und schob Jenna, nachdem er ihr den gerade aus der Brusttasche gezogenen Stick in die Hand drückte, in die Fähre zurück.

Uns allen war bewusst, dass das Außenschott nur aus dem Innenbereich der Schleuse bedient und geöffnet werden konnte.

Und damit wussten wir, was Ashe nun vor hatte.

Jenna versuchte mich zurückzuhalten.

Doch ich riss mich los und erreichte die Tür, die Ashe zuschob und auf seiner Seite verriegelte.

Voller Verzweiflung drückte ich mein Gesicht an das Türfenster. Mit beiden Händen umgriff ich das Handrad krampfhaft und unwillkürlich rannen Tränen aus meinen Augen.

Ein letztes Mal sahen wir uns direkt in die Augen, und ich erkannte, wie stark seine Gefühle für mich sein mussten.

Es war dieser Blick, den ich fortan nicht mehr vergessen würde, als er kurz darauf den Taster direkt neben dem Schott betätigte.

Das Außenschott ging auf, und ich sah, wie, neben dem Raumanzug und Nathan, auch Ashe mit in den luftleeren Raum gesogen wurde.

Dieses Erlebnis zog mir den Boden unter den Füßen weg.

Und ich wurde besinnungslos.

Kapitel 6

Ohne weitere Zwischenfälle erreichten wir schließlich, wie von Ashe vorhergesagt, den Omikron-Quadranten im Sternsystem Titawin.

Der Freitod von Ashe, nur um uns zu retten, hinterließ bei uns einen wirklich bitteren Beigeschmack.

Xanthin lag nun direkt vor uns, ein erdähnlicher Planet, der von zwei Monden Seite an Seite umkreist wurde.

Jenna und Tarek bereiteten nach Kontaktaufnahme mit dem Bodenpersonal des Raumflughafens von Westcove-City, der Hauptstadt Xanthins, den Eintritt in die Atmosphäre vor.

Über den Hauptrechner in der Fähre berechneten sie den genauen Eintrittswinkel, um mit dem Hitzeschutzschild einen kontrollierten und gefahrlosen Abstieg im vorhergesehenen Landegebiet zu gewährleisten. Zudem wollten sie damit unvorhergesehene Komplikationen umgehen.

Ein geringer Irrtum in dieser Berechnung hätte böse Folgen für uns und wir würden bei Eintritt einfach verglühen.

Als wir die Fähre auf der Landeplattform Wega Elf, die direkt an den Hauptgebäudekomplex grenzte, aufsetzten, nahmen uns ein paar Sicherheitsleute in Empfang.

Sie führten uns über einen Platz, auf dem sich ein Springbrunnen befand, dessen tanzendes Wasserspiel von farbigen Lichtern angestrahlt wurde.

An dem Komplex, der vor uns lag, befanden sich mehrere transparente Säulen, in denen Aufzugskabinen lautlos auf- und abstiegen.

Drei Eingänge führten in je ein in sich abgeschlossenes Bauwerk aus Glas mit durch kühne Architekten entworfene Kuppeln, das an den Hauptkomplex angeschlossen war. Vor dem mittleren befanden sich zwei Kunstwerke in Form von aufragenden Türmen, die in hellen und sachten Farben schimmerten.

Zwei Gestalten, die an diesen vorbei gingen, wirkten daneben zwergenhaft.

Im Innern des mittleren Gebäudes, das wir betraten, standen Tische und Stühle, die an ein Café erinnerten. Selbst blumenkübelähnliche Gefäße standen dort, nicht mit Erde gefüllt, sondern mit sich daraus emporragenden Gewächsen, die gekonnt aus messingfarbenem Metall hergestellt waren. Glöckchen mit kleinen Schellen waren neben kunstvoll eingefassten Leuchtkörpern daran angebracht. Ihr sanftes Läuten ähnelte dem von Klangschalen, selbst wenn der geringste Luftzug sie erzittern ließ.

Uns kam eine schöne Frau in einer weißen Robe entgegen.

Sie trug hochgesteckte graumelierte Haare und wusste ganz sicher, dass ihr die Schönheit in ihrem Privatleben so manchen Nutzen erlaubte.

In Begleitung von zwei Männern näherte sie sich.

„Ich bin Ximena", stellte die Frau sich vor. „Sie sind Cerux Tochter. Wie geht es dem alten Haudegen?"

Ihre weiche Stimme mit einem warmen Unterton, begleitet von einem sehr positiven Ausdruck auf ihrem Gesicht, bewirkte bei uns Wohlbehagen.

„Vater ist tot. Piraten griffen die Centaurius an, worauf wir in Gefangenschaft gerieten", berichtete Jenna, während sie ein paar Mal tief durchatmete. „Auf Eta Octanis trafen wir dann auf Ashe, der uns half zu entkommen. Vater hat sich am Ende für uns alle geopfert."

Dann blickte sie betreten unter sich. Und ihre Augen füllten sich mit Tränen.

„Mein Kind", Ximena trat an Jenna heran und legte ihre Hand auf ihre Schulter, „ich kannte Ihren Vater bereits, als Sie noch nicht auf der Welt waren. Ein ganz besonderer Mann. Ich bin mir dessen bewusst, dass Worte derzeit nicht tröstlich sind. Aber die Zeit wird auch diese Wunden heilen, glauben Sie mir."

Ximena bat uns durch die Eingangshalle zu folgen.

Wir waren an einer Wand mit weißer Tür angelangt. Sie öffnete sich bei unserer Annäherung geräuschlos.

„Unser Doppelagent Ashe", forschte Ximena. „Wo ist er? War seine Mission, die Koordinaten des Schutzschildes zu beschaffen, erfolgreich?"

Jenna holte, als ich neben ihr stehen blieb, den Datenstick heraus und reichte ihn ihr. „Er steckte ihn mir noch zu, ehe er starb."

Sie sah mich von der Seite an, lächelte unaufdringlich und fasste nach meiner Hand, die ich ihr ließ.

„Ashe ging ein kalkuliertes Risiko ein."

Ximena nahm den Stick an sich. „Hoffen wir, dass er das wert war und unsere Supervisoren die Daten darauf auswerten können."

Eine Kette mit etlichen Bergen, Tälern und Hochlagen zog sich südlich von Westcove-City entlang.

Nach längerem Aufenthalt im All spürte ich wieder einmal festen Boden unter meinen Füßen. Es war geradezu atemraubend.

Jenna hatte mich zu einem Ausflug auf die Javus-Hochebene eingeladen.

Eine stabile Wetterlage mit sommerlichen Temperaturen ohne Niederschlag war uns für diese Tour der Entspannung in Mutter Natur vorher gesagt worden. Darüber hinaus war es sehr lange her, dass wir frische Luft einatmen konnten.

Am ersten der drei Tage, die dafür angesetzt waren, durchquerten wir eine mehrere kilometerlange Schlucht, in der sich links von uns ein Fluss schlängelte. Auf der rechten Seite ragten gewaltige Felswände, wuchtig und Ehrfurcht einflößend, teils senkrecht empor.

Über einige in den Stein gehauene Treppen, die vor Jahrhunderten bereits von Ureinwohnern angelegt worden waren, erreichten wir eine Halbhöhe. Von dieser hatte man einen herrlichen Blick auf die unter uns liegende Schlucht.

Irgendwo in weiter Ferne sah man eine Steinbrücke, die den

Fluss überspannte. Sie musste mindestens genau so alt sein wie die Stufen, die hier hinauf führten.

„Was hältst du davon, wenn wir hier übernachten?", fragte Jenna, die ihren Rucksack hinter uns bei der Felswand abstellte.

Sie stand mir nun gegenüber, sah mir in die Augen und lächelte.

Von diesem bezaubernden Lächeln ging abermals eine unbeschreiblich magische Faszination aus. Eine seltsam tiefe Vertrautheit, wie eine enge Seelenverwandtschaft.

Neben perfekter Outdoor-Kleidung und Deckenschlafsäcken hatten wir noch ein selbst aufbauendes Zwei-Personenzelt dabei.

„Ja, ein in der Tat idealer Ort", gab ich nach erneutem Blick auf die Schlucht zu und stellte meinen Rucksack direkt neben ihren.

Es war das erste Mal, dass ich ihr gegenüber nicht zu stottern anfing. Ich war relativ gelassen.

Es wurde schnell ganz dunkel.

Noch bevor es dunkel wurde, hatte ich das Zelt aufgeschlagen, und nun saßen wir erschöpft von der Wanderung am Lagerfeuer, das Jenna errichtet hatte.

Ich beobachtete sie schon eine ganze Weile. Im Schein der lodernden Flammen sah sie noch hinreißender aus als sie eh schon war.

Mit beiden Händen umklammerte ich einen Becher mit heißem Tee. Mich fröstelte ein wenig.

Schließlich nahm ich einen Schluck davon.

„Wir sollten früh schlafen gehen", es waren ihre Worte, die mich unsanft aus meinen Gedanken rissen. „Morgen haben wir eine weitere anstrengende Fußreise vor uns."

In der kühlen und stillen Nacht wachte ich auf und bemerkte, dass Jenna von hinten dicht an mich heran gerückt war, den Arm um meine Taille gelegt hatte und ihr Gesicht an meinem Hals vergrub.

Ein leichtes Lächeln legte sich auf meine Lippen.

Und so lag ich noch lange Zeit wach, ehe ich endgültig einschlief.

Vor dem Zelt empfing mich ein kühler Morgen, und über dem Fluss unten in der Schlucht lag Nebel.

Ich stellte mich weiter vorn an den Felsvorsprung, streckte die Arme aus und gähnte herzhaft. Dann rieb ich mir mit den Händen meine Augen, die voller Schlafsand waren, und öffnete sie.

„Guten Morgen", vernahm ich Jennas vertraute Stimme hinter mir.

Ich blinzelte träge zu ihr hinüber.

„Guten Morgen", murmelte ich. „Wie lange bist du schon auf?"

„Schon lange. Ich konnte einfach nicht mehr schlafen", lächelte sie, derweil ich zu ihr ging. „Das Frühstück ist fertig",

Sie griff nach einem Becher, goss aus der Kanne, die sie vom Rost nahm, frisch zubereiteten Pucca ein und reichte ihn mir. „Wie hast du geschlafen?"

„Sehr gut", antwortete ich etwas verlegen. Ich dachte daran zurück, wie sie die Nacht über an mich gedrückt geschlafen hatte.

Als sich unsere Blicke kreuzten, war ich mir sicher, dass sie es auch wusste. Ich hätte die Frage „Und du?" vielleicht besser nicht stellen sollen.

Nachdem wir im Anschluss an das Frühstück alles abgebaut und verstaut hatten, machten wir uns weiter auf den Weg nach oben, der doch recht beschwerlich war.

Während ich immer im gleichem Tempo die Stufen nach oben hinauf stieg, lief es x-malig vor meinem inneren Auge ab, wie sie verschämt den Blick auf diese Frage hin senkte und mir die Antwort schuldig blieb. Sie schwieg den gesamten Aufstieg über.

Der Ausblick auf dem Javus-Hochplateau war unbeschreiblich.

Vor uns lag in tausend Metern Höhe, eingebettet zwischen Gebirgen, ein fruchtbarer immerfort grüner Landstrich.

Er wechselte zwischen Gras- und Heidelandschaft sowie Moor mit bis zu zehn Meter hohen Pflanzen.

Flüsse hatten tiefe Schneisen geschnitten, wodurch die Landschaft recht spektakulär wirkte.

Etwa zwei Stunden von uns lag ein malerisch gelegener Wasserfall, den mir Jenna unbedingt zeigen wollte. Vor dem fließenden Gewässer, das über Felsen steil nach unten fiel, befand sich ein Teich, in dem man baden konnte und sein Ufer zum picknicken einlud.

Leider lag er jedoch etwas versteckt und war deshalb nicht so einfach zu finden.

Nach dem Aufstieg liefen wir wenige Kilometer auf ein kleines Tal zu, in dem sich ein Bach durch die Wiese schlängelte.

Festes und NÄSSEABWEISENDES Schuhwerk war wirklich unbezahlbar, dachte ich und verzog mein Gesicht, nachdem ich ein paarmal neben dem Bachlauf, dem wir noch sage und schreibe zehn Minuten folgten, in schlammigem Wiesengrund einsank.

Schließlich standen wir vor einem größeren Waldstück.

„Hier ist sie, ich habe die Stelle gefunden", strahlte Jenna mich an. „Hörst du es auch, Susanne?"

Im Hintergrund war das charakterliche Geräusch eines Wasserfalls zu hören.

„Nein!", schoss es aus mir heraus, als ich ihr Gesicht sah.

Das konnte beim besten Willen nicht ihr Ernst sein. Ich kannte diesen Gesichtsausdruck, wenn sie sich etwas in den Kopf gesetzt hatte. „Das willst du nicht! Sag, dass du dich hier nicht durchs Unterholz schlagen wirst?"

Überall juckte und piekste es mich, hatten mir die Ranken und Zweige doch ganz schön zugesetzt.

Jenna hatte uns zwar den Weg bis zur Lichtung gebahnt, dennoch bereitete es mir Kopfzerbrechen, welches Getier sich bereits unter meiner Kleidung befinden könnte.

Die Stelle, an der wir nun standen, war genau die des Wasserfalls.

Vor uns lag ein etwa dreißig Meter hoher Wasserfall. Auf dem Weg des Wassers nach unten hatten sich viele kleine und große Becken gebildet, die zum schwimmen einluden.

An den Wasserfall grenzte eine unberührte Dschungellandschaft, die mit Blühpflanzen und Kräutern bewachsen war.

Ein Marnur in regenbogenfarben suchte in der Luft nach Insekten. Die auf Xanthin beheimatete exotische Vogelart war bekannt dafür, dass ihre Nistplätze hinter Wasserfällen lagen.

Das hellblaue Wasser vor uns wirkte kühl und erfrischend.

Gegen Mittag errichteten wir auf der kleinen Lichtung unser Lager.

„Weißt du, was ich gerade denke?", auf Jennas Gesicht lag ein schelmisches Grinsen. „Ich denke, wir sollten baden gehen."

„Du meinst nackt?" Ich schluckte. „Jetzt und hier?"

Ohne den Blick von mir zu nehmen, streckte sie ihre Hand aus und öffnete den oberen Knopf ihres Freizeithemdes. „He, komm schon. Außer uns ist niemand hier."

Ich konnte mich einfach nicht bewegen.

Während sie sich den zweiten Knopf vornahm, vergaß ich sogar sekundenlang zu atmen. Mein Herz klopfte mir bis zum Hals.

Was tat sie da? Sie zog sich nackt aus und ging ins Wasser.

Ich stand nur da und schaute ihr zu, wie sie untertauchte.

Als sie wieder auftauchte, klebten ihr die langen Haare auf ihrem Kopf und im Gesicht. Sie strich sie sich aus der Stirn und den Augen.

Dann sah sie zu mir herüber. „Bitte komm doch", forderte sie mich auf. „Das Wasser ist traumhaft warm."

Für die Ausreden, nach denen ich suchte, wäre ich auf meinem Heimatplaneten ins Guinessbuch der Rekorde gekommen. Nur um mich nicht entkleiden zu müssen.

Nach dem Baden ließ sie sich in der Wiese von der Sonne trocknen.

Es waren Raumjäger, die mit extremer Geschwindigkeit hoch über unsere Köpfe hinweg flogen und uns aufschrecken ließen.

„Das waren keine von unseren Starfightern", Jenna sprang auf.

Ich hob meine Augenbrauen, als sie sich nackt zu mir umdrehte und mich nur kurz ansah und dann nach ihren Klamotten griff.

„Wir müssen zurück", hörte ich Jenna aufgeregt sagen. „Ich glaube wir werden angegriffen. Sie fliegen nach Westcove-City."

Den weiten Weg zum Plateau Abstieg hatten wir schnell zurückgelegt. Wenn wir uns eilen würden, könnten wir die Hauptstadt in weniger als zehn Stunden erreichen.

Der Abstieg mit fünfzehn Minuten bis zur Halbhöhe war hier bereits mit eingerechnet. Und abermals zwanzig, bis wir in der Schlucht ankamen.

Wir genossen noch einmal einen weiten Blick über die Landschaft des Javu-Plateaus und machten uns dann an den Abstieg.

Das erste Drittel zur Halbhöhe hatten wir nun hinter uns gelassen.

Und da verpasste Jenna fluchend den Absatz, hatte mit einem Mal keinen Boden mehr unter den Füßen und stürzte ins Leere.

„Hilf mir, Susanne!", rief sie verzweifelt.

Gleich darauf knallte sie mit ihrem rechten Kniegelenk gegen das vorstehende Felsgestein.

Ehe es Richtung Abgrund ging, schaffte sie es immerhin noch die Finger in die obere Felskante, unterhalb der Stufe, von der sie abgerutscht war, zu krallen.

Milimeterweise rutschten ihre Finger ab, mit denen sie versuchte Halt zu finden.

Ich musste Ruhe bewahren und dennoch schnell reagieren.

So kniete ich mich hin, griff geistesgegenwärtig nach ihrem Handgelenk und zog sie unter Mobilisierung meiner allerletzten Kräfte nach oben.

Unter Schmerzensschreien ließ sie sich auf die Stufen hinabsinken.

Als ich mich neben sie setzte, sah ich das ganze Ausmaß ihrer Verletzung, die sie sich zugezogen hatte.

Das rechte Kniegelenk war seltsam verdreht und die Hose war an der Stelle aufgerissen. Durch eine klaffende Wunde, aus der etwas Blut austrat, sah ich dann ihre zertrümmerte Kniescheibe.

Mit schmerzverzerrtem Gesicht schaute sie zu mir auf. Sie versuchte sich aufzusetzen, verwarf es aber sofort aufgrund ihrer unerträglichen Schmerzen, die sie plagten.

„Wir werden die Rückkehr so schnell nicht schaffen, nicht wahr?", das Sprechen bereitete ihr Probleme.

„Nein", flüsterte ich leise und nahm ihre Hand. „Wir müssen versuchen die Halbhöhe zu erreichen, damit ich die Erstversorgung deiner Wunde vornehmen kann. Das sieht gar nicht so gut aus."

Nach etwa einer halben Stunde hatten wir nach mehreren Pausen den Abstieg zur Halbhöhe geschafft.

Jenna hatte all ihre Kraft aufgebracht, und als wir auf dem Felsvorsprung standen, verdrehte sie die Augen und sank in sich hinein. Die Schmerzen, die sie hatte, mussten unerträglich für sie sein.

Das Notfallset, welches sich als Grundausstattung für diese Tour im Rucksack befand, erfüllte nun seinen Zweck. Obwohl es mir lieber gewesen wäre, wir hätten es nicht gebraucht.

Ich hatte Jenna in eine für sie erträgliche Liegeposition gebracht. Als Unterlage diente neben einer Iso-Matte noch einer unserer Schlafsäcke. Wollte ich doch, dass sie so bequem wie nur möglich lag.

Nach vorsichtigem Reinigen der offenen Wunde schiente ich derweil den Bruch erst einmal provisorisch. Ich war mir mit Blick auf die Schwere der Verletzung im Klaren darüber, dass wir den Abstieg so nicht schaffen konnten. Wenn überhaupt. Jenna war einfach nicht in der Lage dazu.

Als ich das Zelt an dem Platz aufbaute, an dem wir die letzte Nacht verbracht hatten, erwachte sie aus ihrer Bewusstlosigkeit.

„Susanne", wisperte sie kaum verständlich.

Ich erhob mich und ging zu ihr hinüber.

Sie verzog wieder unter Schmerzen das Gesicht, als ich mich über sie beugte.

Als ich meine Hand auf ihre Stirn legte, fühlte ich wie sie glühte.

Ihr Gesicht war stark gerötet, und an ihren Schläfen rannen die Schweißperlen herunter. Ihr Atem war schnell und die Augen waren glasig.

„Das bitte nicht auch noch", raunte ich leise in mich hinein. Ich griff in mein Haar. Nun bekam sie auch noch Fieberschübe. Ich musste etwas tun.

Die folgenden Stunden waren durchwachsen.

Ich hatte am Fluss frisches Wasser geholt und ihr ein feuchtes Tuch auf die Stirn aufgelegt. Sie fror, zitterte am ganzen Körper, bekam Fieberkrämpfe mit plötzlich auftretendem Bewusstseinsverlust. Und als Nebeneffekt folgten noch rhythmische Zuckungen der Muskulatur.

Ich konnte nur hoffen, dass sich das Fieber alsbald senkte.

„Mir ist so kalt", sagte sie kaum hörbar. „Kannst du mich bitte wärmen? Ich friere so."

Mit pochendem Herzen legte ich mich neben sie und schloss sie in die Arme. „Bitte werde wieder gesund", flüsterte ich. „Du darfst nicht sterben, mich nicht verlassen."

Irgendwann war ich vor lauter Erschöpfung eingeschlafen.

Kapitel 7

Heller Morgen. Als ich schläfrig erwachte, sah ich, dass Jenna bereits wach war. Sie lächelte unaufdringlich und richtete ihren Blick auf mich.

Ihr Mund war leicht offen. Die Lippen bewegten sich, sie wollte etwas sagen, doch sie brachte keinen Ton hervor.

Das brauchte sie auch gar nicht, denn sie legte einfach ihre rechte Hand auf mein Gesicht und streichelte es. Danach strich sie mit ihrem Daumen zärtlich über meine Lippen.

Ich schluckte.

Ihr Blick war weich und zärtlich, und ihre blauen Augen strahlten. Es lag ein unbeschreiblicher Glanz darin. Sehnsucht. Aber auch tiefes Vertrauen.

Ich wollte diese romantische Stimmung zwischen uns nicht unterbrechen, sie war einfach wunderschön. Und ich wünschte mir, sie würde niemals ein Ende haben.

Jemand kam die Stufen hinauf. Schwere Schritte waren zu hören.

„Euch kann man aber auch nicht alleine lassen", hörte ich Tarek sagen, als er die letzte Stufe genommen hatte. „Ich bin wohl zur rechten Zeit gekommen?"

Ich wandte den Blick von Jenna und blickte zu ihm auf. Mein Blick verdunkelte sich.

Wenn Blicke hätten töten können, wäre er auf der Stelle tot umgefallen, so zornig war ich. Dieser Mann hatte einen absoluten Riecher dafür, immer dann aufzutauchen, wenn man ihn am wenigsten brauchen konnte. So wie jetzt.

Als ich mich erhob, sah ich noch, wie sich Jennas Mundwinkel langsam zu einem Grinsen hoben.

Ich tat das, was ich am besten konnte und nutzte meine spitze Zunge. „Hast du deinen Beruf Raumpilot jetzt gegen Buschpilot mit fliegender Kiste eingetauscht? Oder streifst du als waghalsiger Archäologe umher?"

Ich hätte ihm die Augen auskratzen können.

Tarek brummelte irgend etwas in sich hinein und schob mich beiseite. Dann hockte er sich neben Jenna und hob den Deckenschlafsack an. Entsetzt schaute er auf ihr verletztes Knie.

„Schaffst du es", fragte er sichtlich besorgt, „mit nach unten, wenn wir dich gemeinsam stützen? Du musst dringend zu einem Heiler."

Jenna nickte. „Wird schon gehen. Tut zwar höllisch weh, aber wird schon gehen."

Sie versuchte sich aufzurichten, aber starke Schmerzen im Kniegelenk ließen sie wieder zurücksinken.

Das folgende Lächeln misslang ihr gründlich.

Wir stützten Jenna und brachten sie gemeinsam nach unten.

Ich merkte, wie sie sich dabei vor Schmerzen auf die Unterlippe biß.

„Was ist mit Westcove-City?", fragte Jenna gequält. „Werden wir angegriffen? Über dem Plateau haben wir Jäger gesehen. Es waren keine von uns."

Unten in der Schlucht wartete ein Bodengleiter auf uns, der uns nach Westcove-City zurückbringen würde.

Je mehr wir uns Westcove-City mit dem Bodengleiter näherten, desto intensiver wurde die Hitze.

Die Stadt war das völlige Chaos. Wo man hinsah: überall Trümmer, Ruinen, Leichen, Verwüstung und Tod.

Ein lautes Kreischen über uns zerriss uns beinahe die Trommelfelle.

Es waren Jäger der Piratenallianz, die über uns hinweg schossen.

Verfolgt von einem Starfighter der Föderation.

Sie flogen aus der Stadt raus und zogen kurz davor wieder hoch.

Nach einer Schleife kehrten sie zurück.

Der Pilot des Starfighters eröffnete das Feuer und traf eines der Feindschiffe mit einem Torpedo. An mehreren Stellen brannten die Flügel, während der Rumpf eher unbeschadet blieb.

Ein weiterer Torpedo traf ihn am Heck.

Kurz darauf gab es eine Explosion und der Jäger ging in Flammen auf. Er drehte sich noch zweimal um seine eigene Achse, dann schoss er nach unten auf den Boden zu. Unter großer Erschütterung schlug er dort auf und endete in einem riesigen hellen Feuerball.

„Verdammt!", stieß Tarek hervor, der mit dem Gleiter gerade noch dem Beschuss des anderen Feindjägers ausweichen konnte.

Ein Treffer bohrte sich direkt neben uns in den Boden.

Von den großen Stücken, die aus dem Boden herausgerissen wurden, traf eines den Gleiter am Heck.

Er schwankte heftig hin und her.

Doch Tarek konnte ihn rasch wieder unter Kontrolle bringen.

Der „Superpilot", wie ich ihn nannte, war ihm nun nicht mehr abzusprechen.

Er nahm meinen honorierenden Blick mit leichtem Grienen auf dem Gesicht zur Kenntnis.

„Wir müssen den Hangar erreichen, wo der Frachter steht und nichts wie weg von hier", sagte Tarek mit lauter Stimme. „Wir sind in der Stadt nirgends mehr sicher."

Als er dies gesagt hatte, wusste ich wie recht er hatte.

Ich sah eine junge Frau mit verdrehten Gliedmaßen und voller Blut am Wegrand liegen. Die linke Körperhälfte war unter einem tonnenschweren Steinblock begraben.

Im Arm hielt sie noch ihr totes Kleinkind. Und neben beiden lag eine von Splittern zerfetzte Puppe.

Krieg war absolut grausam. Egal wo er stattfand. Nicht nur allein auf die Erde war er beschränkt.

Überall im All breitete er sich wie die Spore eines manifestierten Bösen aus. Befiel die Blutbahnen derer, die jahrelang friedlich zusammen lebten. Er schädigte sie und machte aus ihnen bösartige Bestien, die dann nicht mehr in der Lage dazu waren in Frieden miteinander auszukommen.

Ganze Völker, ganze Planeten fielen diesem Befall zum Opfer.
Eigentlich hatte ich meine Heimat verlassen, weil ich dies alles nicht mehr erleben wollte.

Die Stadt lag zum größten Teil in Trümmern. Aus den wenigen Gebäuden, die noch standen, loderten Flammen hervor.
Noch intakte Fensterscheiben wurden nun nach und nach durch die sich darin ausbreitenden Feuer nach außen gesprengt. In hunderten kleiner und großer Splitter fielen sie nach unten.
Wenn man nicht aufpasste, konnten sie unten zu tödlichen Geschossen werden.
Die Häuser, die den Angriffen nicht stand gehalten hatten, waren zusammengestürzt zu aufgetürmten Haufen aus Schutt. Sie begruben Menschen unter sich, denen die Flucht nicht gelungen war. Aus ihnen stieg Rauch empor.
Mir war nicht wohl dabei, wenn ich das geschiente Bein von Jenna neben mir sah. Sie musste schleunigst zu einem Heiler oder in ein Heilungszentrum, wie die Krankenhäuser hier auf Xanthin hießen.
Betrachtete ich allerdings die Trümmer um uns herum näher, hatte ich wenig Hoffnung Hilfe für sie zu finden.
Als sich unsere Blicke trafen, war da abermals dieser unbeschreibliche Glanz in ihren Augen.
Wir hätten uns natürlich ausmalen können, dass von der Landeplattform Wega Elf auf dem Raumflughafen ebenfalls nicht viel übrig geblieben war.
Dann erblickten wir unseren Frachter, der offensichtlich unbeschädigt war.
Tarek stellte den Bodengleiter direkt beim Schiff ab und betätigte die Offshore-Luke.
Als diese sich öffnete, kam er zurück.
Wir halfen Jenna heraus, stützten sie ab und brachten sie ins

Schiffsinnere.

„Wir dürfen nicht warten bis sie zurückkommen", sagte er, während er die Luke verschloss und zum Cockpit eilte. „Wenn du Jenna versorgt hast, kommst du bitte nach vorn. Ich brauche eine Co-Pilotin."

Ehe ich zu Tarek in das Cockpit eintrat, vernahm ich das altvertraute Aufheulen der Turbinen.

Ich hatte Jenna ein starkes Schmerzmittel verabreicht, worauf sie sicher ein paar Stunden schlafen konnte.

Ich war beunruhigt wegen Jenna. Sie musste auf dem schnellsten Weg in Behandlung. Nicht auszudenken, wenn die Verletzung unbehandelt bliebe.

Während ich mich hinsetzte, schaute er zu mir hinüber.

„Was ist das zwischen dir und Jenna?", fragte er unvermittelt.

Langsam zog er den Hebel, der sich auf der rechten Lehne befand, nach hinten durch, und der Frachter löste sich langsam vom Boden.

Ich spürte, wie es in meinen Schläfen zu klopfen anfing. Dann stieg mir Hitze in den Kopf. „Was meinst du?", stammelte ich.

„Jenna ist eine ganz besondere Frau", fing er an. „Wir sind zusammen im selben Viertel aufgewachsen, und sie ist wie eine Schwester für mich. Sie hat es nicht immer leicht gehabt im Leben. Zuerst verlor sie ihre Mutter, nun noch ihren Vater, wie du ja selbst miterlebt hast."

Er machte eine kurze Pause. Dann sagte er, und er war dabei sehr ernst geworden: „Ich möchte nicht, dass man Jenna weh tut. Vielleicht bin ich in deinen Augen ein Typ Mann, der für dich im bisherigen Leben einen bitteren Beigeschmack hinterlassen hat. Das zeigst du mir sehr offen. Du kannst nicht leugnen, dass da einiges in deiner Vergangenheit schief gelaufen zu sein scheint. Aber ich habe auch Augen im Kopf. Und ich sehe, dass sich da ernsthafte Gefühle zwischen euch anzubahnen scheinen."

Mir ging es schlagartig gar nicht gut. Seine Worte hatten mich ganz schön getroffen.

Sollte er mir jetzt unverblümt die Frage stellen, was ich für sie fühle, ich wäre geradewegs aus Scham im Erdboden versunken.

Ich wusste es nun, dass ich mich verliebt hatte. Verliebt in eine Frau.

Gottlob unterließ er es mich noch damit zu konfrontieren und konzentrierte sich auf den bevorstehenden Flug.

Der Flug aus der Stadt heraus fühlte sich für mich an wie eine Ewigkeit, obgleich es ganz sicher nicht länger als zehn Minuten waren. Wie bei Ashe hätte ich auch hier gerne die Flucht angetreten.

Auf einmal wurde der Frachter heftig durchgerüttelt.

„War das gerade ein Treffer?" Tareks Augen weiteten sich.

Vor ihm auf dem Bedienfeld blinkten verschiedene Anzeigen rot und ein greller Intervallton erfüllte die Raumschiffkanzel.

Erneut erzitterte das Schiff heftig.

Dann sahen Tarek und ich, wie links von uns ein Torpedo vorbei flog und in unter uns liegendem Felsgestein einschlug und detonierte.

Auf einem der Bildschirme unterhalb der linken Frontscheibe sahen wir, wie uns zwei feindliche Jäger verfolgten. Die Anzeige direkt daneben zeigte die Treffer an der Schiffshülle.

Der nächste Treffer sollte uns unerwartet schnell zeigen, wie es sich anfühlen würde flugunfähig zu werden. Keine Minute verging, da erfüllte metallisches Kreischen unsere Ohren.

Tarek verlor die Gewalt über den Frachter. Das Schiff fing an zu torkeln.

„Wir schmieren ab!" Tarek, sichtlich nervös, versuchte das Schiff in eine stabile Lage zu bringen.

Der Frachter kippte leicht, aber blieb weiter auf Vorwärtsflug.

Wir sanken schnell, stürzten aber nicht.

Ich spürte, wie mein Magen jählings knapp unter der Unterlippe zu hängen schien.

(c) 3/2017 Judith Hohmann

Tarek hielt Ausschau nach einem Platz, auf dem er den Frachter auf irgendeine Weise runter bringen konnte.

Dann steuerte er auf ein vor uns liegendes Felsplateau zu.

Wir wurden kräftig durchgerüttelt. Die Unterseite des Schiffs scheuerte über Gestein, kam dann nach etwa hundertfünfzig Metern vor Bäumen zum Stehen.

Mit dem Kopf schlug ich auf das Armaturenbrett auf. Danach versank alles um mich herum in Dunkelheit.

Wie lange ich bewusstlos war, wusste ich nicht.

Als ich meine Augen öffnete, sah ich, wie auch Tarek wieder zu sich gekommen war.

Mein Kopf schmerzte wie verrückt.

Ich griff mit der rechten Hand an die Stirn und fühlte Blut. Sicher eine Platzwunde vom Aufprall auf die Armatur.

„Alles okay?", fragte Tarek. Ihm schien es ähnlich zu gehen.

„Jenna!", rief ich erschrocken und sprang, nachdem ich mich aus dem Sessel befreit hatte, auf.

Plötzliche Übelkeit überkam mich. Alles um mich herum fing sich an zu drehen. Und für einen kurzen Moment musste ich mich an der Kopfstütze des Sessels festhalten. Ich hatte Angst ein weiteres Mal das Bewusstsein zu verlieren.

Nachdem es mir etwas besser ging, eilte ich nach hinten.

Das Schiffsinnere wurde erfüllt von merkwürdigen metallenen Geräuschen.

Ich stolperte im Dunkeln über beliebiges Zeugs, das beim Aufprall zu Boden gefallen war.

Als ich den Bereich des Frachters erreichte, wo sich die Schlafplätze befanden, schaltete sich die Notbeleuchtung ein.

In der schwachen Beleuchtung sah ich sie dann. Jenna saß mit dem Rücken an die Wand gelehnt am Boden und schaute zu mir auf.

„Ich frage lieber nicht, ob alles in Ordnung ist?"

Ich setzte mich neben sie. Diesmal war ich es, die mit der Hand zärtlich ihr Gesicht streichelte.

Jenna rieb ihr Gesicht an meiner Handfläche und legte ihren Kopf auf meine Schulter. Ein tiefer Seufzer folgte.

Tareks Anwesenheit im Raum wäre nicht das schlimmste gewesen, dachte ich, als ich den Kopf hob und ihn dort mit erhobenen Händen stehen sah. Es waren vielmehr diejenigen, die hinter ihm standen und ihn mit Waffen unsanft in den Raum schubsten.

Kapitel 8

Man hatte uns nach einem Flug, in einer erbeuteten Fähre der Föderation, in ein nahegelegenes provisorisch angelegtes Lager der Piratenallianz gebracht.

Es lag paradoxerweise genau auf dem Hochplateau, auf das mich Jenna zu einer Ausflugstour eingeladen hatte.

Ich durfte nicht zulassen, dass das, was uns emotional so tief verband, durch irgend jemanden zerstört wurde.

Neben Seite an Seite stehenden Jägern dieser Allianz bewegten sich Piraten übelster Sorte fort und trieben Gefangene vor sich her. Wer von ihnen nicht auf der Stelle auf ihre Anweisungen reagierte, bekam auf brutalste Weise einen Gewehrschaft zu spüren und stürzte.

Tarek, der Platzwunden vom Eindringen der Piraten im Gesicht davon trug, wurde zusammen mit uns nach draußen gebracht.

Begleitet von mehreren bewaffneten Piraten kam ein Zargul näher.

Ein Zargul war ein Mischwesen aus Mensch und einer Art Stier, der mit einer muskelbepackten Figur und Körpergröße von über zwei Metern sehr groß war. Die Farbe des Fells war dunkelbraun, und sein Kinn schmückte ein langer am Ende geflochtener weißer Ziegenbart.

Durch seine stechend roten Augen, die er hatte und die über keine Pupillen verfügten, konnte man ihm nicht allzu lange in die Augen schauen.

Zarguls waren aufgrund ihrer Aggressivität verrufen.

Die Empfehlung, ihnen aufgrund ihrer niedrigen Reizschwelle aus dem Weg zu gehen, ließ sich hier und jetzt leider nicht umsetzen.

Um seinen schwarzen Kapuzenmantel war ein weißer Gürtel gebunden, der beidseitig mit Blastern und Stichwaffen bestückt war.

Und auf dem Rücken trug er gekreuzt ein Lasergewehr sowie ein

Schwert.

Er baute sich vor uns auf.

„Ihr seid doch die", sagte er mit sehr tiefer Männerstimme, „die die Daten des Schutzschildes erbeutet haben?"

Ich bemerkte, wie sich Wut in Tarek aufbaute und warf ihm einen ermahnenden Blick zu. Wir mussten uns beherrschen, auch wenn es uns sehr schwer fallen mochte.

Außerdem hatte ich mir geschworen Jenna zu helfen und sie zu einem Heiler zu bringen. Ich hatte nach wie vor große Angst um sie. Und sie sah jetzt noch angeschlagener aus als vor ein paar Stunden.

„Wir haben den Datenträger nicht mehr, auf dem die Koordinaten sind." Ich sah ihn an und versuchte keine Angst zu zeigen.

„Der Rat von Xanthin hat ihn nicht." Seine Stimme hob sich bedrohlich. „Ehe wir eure Hauptstadt dem Erdboden gleich gemacht haben, hatte ich noch ein sehr intensives Gespräch mit Ximena. Von Angesicht zu Angesicht."

Ein Schauer lief mir über den Rücken. Wie dieses Gespräch endete, konnte ich nur erahnen. Für eine Sekunde schloss ich meine Augen und dachte nur 'Gott sei ihrer Seele gnädig'.

„General Basani!" Ein kleiner zierlicher Kerl mit Hakennase und spitz zulaufenden Ohren, dessen orangene Haut mit dunkelblauen Streifen durchzogen war, kam herbei geeilt. Seine stechenden Scheitelaugen visierten den Zargul an.

„Was gibt es, Junax?" Basani drehte sich in Richtung des kleinen Kerls. Die Kapuze war ihm ein Stück nach hinten gerutscht. Über der Stirn waren fünf gleich große Hörner, wovon das mittlere goldfarben war. „Wenn du mir nichts Wichtiges zu berichten hast, hat es auch bis später Zeit!"

„Eine Formation Jäger nähert sich dem Lager", sagte er ziemlich verschreckt und machte hastig einen Schritt zurück. „Sie sind uns in der Überzahl."

Basanis Blick verdüsterte sich. Zu der Grundfarbe seiner Augen gesellte sich noch ein undefinierbarer Farbton. Dies signalisierte wohl seinen Zorn und er schrie: „Dann startet die Jäger und holt sie vom Himmel! Muss ich denn wirklich hier alles alleine machen? Geh mir aus den Augen, du Trottel!"

Junax Augen zuckten wie wild.

Er zog vor lauter Angst den Schwanz ein, drehte sich auf dem Absatz um und rannte fast winselnd davon.

Ehe der General sich uns wie gehabt zuwenden konnte, schossen über uns ein Dutzend Starfighter hinweg und eröffneten das Feuer.

„Deckung!" Tarek zog Jenna und mich zur Seite, und wir suchten auf der Stelle Schutz hinter unserem schrottreifen Frachter.

Wir hatten in einem gigantischem Stützpunkt der Föderation, so groß wie eine Stadt, tief unter der Erde, Schutz gefunden, nachdem die Starfighter ihren Sieg gegen die Piratenallianz geflogen hatten.

Man konnte es gar nicht in Worte fassen wie glücklich ich war, dass man Jenna so schnell wie möglich in ein Heilungszentrum gebracht hatte.

Ich hatte schon eine Weile im Wartebereich des Zentrums verbracht, als auf der anderen Seite die Tür zum Regenerationssaal aufging. Jenna kam mit Krücken heraus.

„Mensch bin ich froh, dich so wieder zu sehen." Mir schlug das Herz ganz schnell, als ich nun vor ihr stand. Und ich hätte los heulen können vor Freude.

Ohne zu zögern schloss ich sie einfach in meine Arme.

„Ich habe dir mein Leben zu verdanken, Susanne." Mit einem liebevollem Lächeln drückte sie mir einen Kuss auf den Mund. „Wie kann ich dir nur danken? Wenn du nicht gewesen wärst..."

„Du hättest für mich ganz sicher dasselbe getan."

Ich holte tief Luft. Dann sagte ich schon fast schelmisch: „Schenk mir einfach weiterhin dieses bezaubernde Lächeln, das ist Dank genug."

„Die Heiler sagten mir", sie schaute auf ihr Bein hinab, „dass alles gut verheilen wird. Es werden keine Schäden zurück bleiben."

„Du solltest dich noch eine Zeitlang schonen", sagte ich besorgt.

Sie lächelte.

Das erste Mal sah ich ganz bewusst, dass sie hübsche Grübchen in ihrem schmalen Gesicht hatte.

Die Erste Offizierin Zhané, eine ausnehmend schöne Frau, bestellte uns zu einer Besprechung in die Befehlszentrale ein. Der Raum befand sich hinter einer Sicherheitstür, vollgestopft mit modernen Terminals, Monitoren und Satellitenüberwachungssystemen.

Im Zentrum des Raums befand sich ein großer Hologrammtisch, über dessen Projektoren Abbilder von Sternkarten, Planeten und anderem erschaffen werden konnten.

Die Zentrale bot Platz für knapp dreißig Mitarbeiter, wovon sich zur Stunde etwa zwanzig Sensorcontroller und Offiziere aufhielten und die Rechner und Monitore bedienten.

Zhané begrüßte uns, als wir an den Hologrammtisch herangetreten waren.

„Leutnant", befahl sie. „Holen Sie bitte Eta Octanis auf den Haupttisch."

Der Offizier drückte einige Tasten auf dem Bedienfeld.

Unter der Glasplatte wich das hellgelbe Leuchten einem blauen Hintergrund.

Ich schaute zu dem Tisch, über dem nun das dreidimensionale Hologramm von Eta Octanis entstand.

Ein farblich abgesetztes Gitternetz legte sich um das Hologramm herum, und an einer Stelle erschien ein angedeuteter Korridor, der im nördlichen Breitengrad oben eine Öffnung markierte und einen holografischen Endpunkt auf dem Piratenplaneten bildete.

„Wir konnten leider noch nicht herausfinden", begann Zhané zu berichten, „wie der Schutzschild arbeitet. Aber es ist beeindruckend. Zum einen ist er in der Lage, den Planeten für einen Abtaster unsichtbar erscheinen zu lassen. Ihn zu durchdringen ist einfach unmöglich. Versucht es dennoch jemand, folgt kurzerhand die Zerstörung. Die Tragik dabei ist, wenn er sich gerade in unsichtbarem Zustand befindet und ein Raumschiff ihn unwissend streift...“

Durch das weitere Aktivieren einer Kontrolltaste hob sich der Korridor farblich besonders hervor.

„Ausschließlich durch diesen Korridor können Raumschiffe ein- und ausfliegen. Wir haben die Daten in die Systeme feindlicher Allianzjäger einprogrammiert, die wir erbeuten konnten. Durch diese werden Sie durch den Korridor gelangen.“

„Alles schön und gut“, begann Jenna, die sich den Korridor näher betrachtete. „Wenn wir dort hindurch geflogen sind, und ich gehe mal davon aus, dass uns die Piraten nicht bemerken, wie kommen wir an den Generator? Woher wissen wir, wo genau er sich befindet?“

Zhané sah uns drei an. „Das Gebäude, in dem der Schutzschildgenerator steht, befindet sich etwas außerhalb der Hauptstadt. In einem kleinen unscheinbaren Bauwerk. Es wird Ihnen aber jemand behilflich sein, der sich dort bestens auskennt. Darf ich denn auf Sie hoffen?“

Jenna? Ich schaute sie von der Seite her an. Gerade war sie noch dem Tod entkommen und nun sollte sie sich erneut in Gefahr begeben? Mir wäre wohler gewesen, sie wäre nicht mit einbezogen worden.

„Colonel Ashe wird Sie begleiten und gemeinsam mit Ihnen den Schutzschild deaktivieren.“

Ashe? Wir dachten uns verhört zu haben. Hatten wir doch selbst miterlebt, wie er sich an Bord der Fähre selbst geopfert hatte.

„Ja, ich“, hörten wir hinter uns eine vertraute Stimme sagen.

„Hallo Susanne.“

Als ich mich umdrehte, kam eine Person direkt auf mich zu.

Ich blickte in das Gesicht jenes Mannes, den ich das letzte Mal in der Druckausgleichsschleuse sah.

Für einen kurzen Moment dachte ich ein Geist stände vor mir.

Meine Knie wurden weich, aber ich sackte nicht weg.

„Wir dachten du seist tot?", fragte ich zuerst etwas unsicher.

„Ja", ergänzte Tarek und wartete jetzt ebenfalls wie wir auf eine Antwort. „Würdest du uns das bitte erklären?"

Er fing an uns davon zu erzählen, was nach Einstieg in die Schleuse genau geschah.

„Als ich den Sender im Raumanzug versteckte, sah ich, dass sich noch zwei grüne Sauerstoffbehälter darin befanden. Bis heute kann ich mir nicht erklären, wie die dort hinein kamen. Ehe ich dann den Öffner neben der Außenluke betätigte, griff ich nach dem Raumanzug. Nur so konnte ich vorerst durchhalten."

„Der Sauerstoff reicht doch nicht ewig", sagte Jenna erbost. „Wie konntest du es dann schaffen?"

„Die Piraten haben ihn gefunden", warf Tarek in die Runde, aber sein Blick ruhte weiter auf ihm. „Aufgespürt wurde er letztendlich durch den Sender, nicht wahr?"

Ashe nickte. „Ja. Es dauerte nicht lange, bis sie mich fanden. Man brachte mich nach Xanthin in das Gefangenenlager auf dem Hochplateau, wo auch Ihr ward. Der Rest ist Geschichte."

Er machte eine kurze Pause, als müsste er seine Gedanken sammeln, dann fuhr er fort: „Und nun bin ich wieder hier."

Ashe grinste mich an, doch mein Blick verfinsterte sich.

Ich wusste nicht, ob ich mich gerade freuen oder ob ich ihm eine knallen sollte. So ähnlich schien es auch Jenna und Tarek zu gehen.

Stimmte das alles so, was er uns erzählte? Jeder von uns schien sich das zu fragen.

Vor gleich aufkommender Wut biss ich fest meine Kiefer aufeinander. Die Gefahr, dass ich gleich etwas Falsches sagen würde, und ich war ja darin eine echte Meisterin, war recht groß.

Unglaublich. Dieser Kerl war eigentlich tot. Tot! Tot! Und abermals tot! Und just stand er quicklebendig vor uns, als sei nie etwas vorgefallen.

Er zog mich enger an sich um mich zu umarmen. Ich wehrte mich kurz, da ich stinksauer auf ihn war, aber dann schlang ich doch meine Arme um ihn und drückte ihn fest an mich. Einfach aus Freude heraus, dass er am Leben war.

Im Augenwinkel sah ich Jennas betont eifersüchtigen Blick.

‚Ach Jenna', dachte ich, ‚hierfür gibt es gar keinen Grund'.

Ich wünschte mir, dass sie es nicht wieder falsch auffasste.

Für den Abend hatte ich mich mit Ashe zum Essen verabredet.

Wir trafen uns in einem kleinen Lokal, was sich, obwohl es sich hier ausnahmslos um einen militärischen Stützpunkt handelte, dennoch dort befand.

Die Ecke, in der wir saßen, gehörte uns alleine.

Es hatte ihn viel Überredungskunst gekostet, dass ich letztendlich doch zugesagt hatte hierher zu kommen. Denn eigentlich war mir gar nicht danach zumute.

Ich wusste, dass wir morgen mit den feindlichen Jägern nach Eta Octanis aufbrechen würden, um den Schutzschild zu deaktivieren.

Wer aber wusste schon, unter welchem Stern diese Mission stand? Von Erfolg gekrönt? Zum Scheitern verurteilt?

Mein Herz sehnte sich nach Jenna, mit der ich viel lieber den Abend verbracht hätte.

Ashe hatte uns zwei Gläser mit einem weinhaltigen Getränk bestellt.

„Würdest du mit mir anstoßen?" Er hielt mir sein Glas leicht vornübergebeugt entgegen.

Meine Hand zitterte, als ich nach dem Glas griff.

Ich schaute in ein paar glänzende Augen. Sie spiegelten einen Teil der Kerzenflamme wider, die vor uns stand. „Und worauf?"

„Auf die Liebe, auf uns", er zwinkerte mir zu. Dann griff er nach meiner anderen Hand und zog sie an seine Lippen.

Das war mir dann doch zu viel. Ich verdrehte die Augen und stellte das Glas zittrig auf den Tisch zurück.

„Was ist, Susanne?"

Ich spürte, wie er noch meine Hand hielt.

„Ashe, ich kann nicht", sagte ich ganz leise und senkte meinen Blick. „Ich kann dir das nicht geben, was du dir so sehr von mir wünschst."

Es war mir schon fast ein bisschen egal, dass er mir nun gegenüber saß und ich ihn so getroffen hatte.

Ich registrierte, wie er sich zusammenriss. Die Enttäuschung stand ihm im Gesicht geschrieben.

Er sah mir direkt in die Augen. „Gibt es da jemand anderen?"

„Bitte, Ashe", sagte ich und zog meine Hand zurück. „Ich kann darüber nicht sprechen."

Ich schob den Stuhl zurück und erhob mich.

Bevor ich ging, wandte ich mich ihm noch einmal zu und sagte: „Es tut mir unendlich leid. Ich hätte nicht kommen dürfen. Wir sehen uns dann im Hangar, Ashe. Gute Nacht."

Mit diesen Worten ließ ich ihn zurück und verließ total aufgewühlt das Lokal.

Da ich mich noch nicht in mein Quartier zurückziehen wollte, zog ich es vor, noch einmal die unterirdische Anlage zu verlassen.

Ich musste runter kommen von meinem Gefühlschaos.

So nickte ich einem der wachhabenden Offiziere zu, die am Eingang zum Stützpunkt ihren Dienst verrichteten und ging nach draußen.

Eine schöne, sternklare Nacht mit hellem Mondlicht lag über mir.

Ich war schon eine ganze Weile gegangen, als ich wenige Meter vor mir eine Person stehen sah.

Durch die Silhouette erkannte ich, dass es sich um eine Frau handelte. Je näher ich kam, umso mehr erkannte ich sie.

Sie schien gar nicht bemerkt zu haben, dass ich neben sie getreten war.

Ich sah sie von der Seite an. „Jenna?"

Noch mehrere Sekunden stand sie unbeweglich mit beiden Armen auf ihren Krücken aufgestützt da und spürte, wie der Wind ihr Gesicht zärtlich streichelte.

„Mir liegt etwas auf dem Herzen, was ich dir gerne sagen möchte", sagte ich leise zu ihr und senkte kaum merklich den Kopf. „Zwischen Ashe und mir, da ist nichts. Ich möchte, dass du das weißt."

Jetzt drehte sie sich langsam zu mir um. Sie sah mich an und eine Träne lief über ihre Wange.

Ich konnte die Sehnsucht in ihren Augen erkennen, Sehnsucht nach Liebe und Glück.

Ohne lange zu überlegen drehte ich mich ihr zu und strich ihr mit meiner Hand über die Wange.

Nun standen wir dicht voreinander.

„Ach Jenna", seufzte ich. Ich erfasste ihr Kinn mit meiner Hand und zog sie an mich heran.

Dann legte ich meine Lippen auf ihren Mund und küsste sie zärtlich. Ich erkannte mich selbst nicht wieder.

Jenna erwiderte meinen Kuss so leidenschaftlich, dass es meinen Puls zum Rasen brachte.

Nach dem langen Kuss bog ich meinen Kopf langsam zurück und strich ihr mit den Fingern sacht den Hals entlang.

„Ich glaube, ich liebe dich", flüsterte ich und sah ihr dabei in die Augen.

Wieder lag dieses zauberhafte Lächeln auf ihrem Gesicht. Ganz zu schweigen von den Grübchen rechts und links um ihre Mundwinkel.

Sie sagte immer noch nichts.

Das brauchte sie auch gar nicht. Denn tief im Innern wusste ich, dass sie dasselbe für mich empfand.

Nachdem wir wieder nebeneinander standen, genossen wir für eine Weile einfach diesen überwältigenden Augenblick.

Wer wusste auch schon was morgen war.

Seufzend umgriff sie meine Taille und legte ihren Kopf auf meiner Schulter ab.

Kapitel 9

Wir verbrachten die Nacht unter freiem Himmel. Die Temperaturen waren herrlich. Ähnlich wie in einer warmen Sommernacht auf meinem Heimatplaneten.

Am Nachthimmel standen zwei kreisrunde Monde, deren magisches Licht die Landschaft um uns herum erstrahlen ließ.

Die Sterne leuchteten mit ihnen um die Wette.

Eine Sternschnuppe zog über uns hinweg und ging weiter von uns entfernt nieder.

Romantischer hätte eine Nacht nicht sein können. Wie geschaffen für die Liebe.

Unsere Zweisamkeit war absolut erfüllend, wir saßen einfach nur beieinander und genossen.

Keiner von uns Beiden musste etwas sagen, weil wir wussten, dass die andere glücklich war.

Irgendwann ließ Jenna müde ihren Kopf auf meinen Schoß sinken und war eingeschlafen.

Ich strich ihr sanft über das Haar.

Langsam fing es an zu dämmern, ein neuer Tag brach an.

Ich wusste, dass wir in Kürze zurück zum Stützpunkt mussten.

Als Jenna erwachte und sie zu mir aufsah, gingen ihre Mundwinkel nach oben und sie fing an zu strahlen.

„Guten Morgen, schöne Frau", sagte ich mit einem Lächeln im Gesicht. „Alles gut mit dir?"

Sie richtete sich auf und fuhr mit ihrer Hand durch ihr Haar. „Guten Morgen. Ja, es ist alles gut. Bis auf die Gewissheit, dass wir bald zurück müssen. Ich hätte noch gerne länger mit dir hier verbracht."

„Wir werden noch viel Zeit miteinander verbringen können", sagte ich liebevoll.

Nach einer Weile erhoben wir uns von unserem stillen Platz auf der Anhöhe und gingen langsam zurück zum Föderationsstützpunkt.

Noch immer waren die beiden Offiziere von gestern Abend anwesend, als ich den Stützpunkt verließ.

Durch einen Vorraum betraten wir den Hangar.

In der großen Halle ging es recht turbulent zu.

Techniker der Föderation waren mit den letzten Arbeiten an den Schiffssystemen der erbeuteten Allianzjäger beschäftigt, um sie danach auf den Start vorzubereiten.

Zhané stand bei einem der Schiffe und gab einem der Techniker Anweisungen.

Als sie uns erblickte, kam sie auf uns zu.

„Ich dachte schon, es wäre etwas passiert", sagte sie.

„Wann geht es los?", wollte ich wissen.

„Sobald die Schiffe startklar sind", antwortete sie. „Eine Staffel von Starfightern mit den besten Piloten wird Sie begleiten. Sie werden im Hintergrund bleiben. Sobald der Generator abgeschaltet ist, warten sie auf Ihr Signal, stoßen dann dazu und fliegen die Offensive auf die Piratenallianz."

„Sind die anderen auch schon da? Ich meine Tarek und...", ich brach ab. Dann ergänzte ich: „Ashe?"

Ich wollte mir seinen Namen nur ungern ins Gedächtnis zurückrufen, wenn ich an das Treffen von gestern Abend dachte.

Jetzt sah ich ihn. Er stand auf der anderen Seite des Hangars bei einem der Techniker.

Und augenblicklich hatte er mich auch gesehen.

„Ich werde mich mal vorbereiten", sagte Jenna überraschend, als sie meinen sich verdunkelnden Blick sah. Sie wandte sich zum Gehen.

Jenna drückte meine Hand nochmal fest, lächelte und humpelte auf einen der Ausgänge zu.

Das fehlte mir noch, dachte ich, und ich konnte ihm nicht mal aus dem Weg gehen, zumal ich gezwungen war mit ihm zusammenzuarbeiten.

Ashe lächelte, aber seine Augen blieben eiskalt, als er vor mir stand. Sie machten mir Angst, oder das, was ich auf einmal darin erkennen konnte.

Ich holte tief Luft und zwang mich mit ruhiger Stimme zu sprechen: „Ich hoffe, die Mission ist erfolgreich."

Um Ashes Mundwinkel zuckte es. „Keine Ahnung. Wir werden sehen."

„Wir hoffen natürlich alle, dass die Mission Erfolg hat", warf die Offizierin ein. „Es hängt alles davon ab, ob es Ihnen gelingt, den Generator abschalten zu können oder nicht. Nicht auszudenken, was geschieht, wenn es scheitert."

Ashes Anwesenheit bereitete mir Unbehagen. Ich fand einfach keine Erklärung hierfür, aber dieses Gefühl war Knall und Fall da.

Dass ich Tarek auf mich zukommen sah, änderte zwar nicht unbedingt meinen Gemütszustand, doch es beruhigte mich ein wenig. Und ich tat was ich tun musste…

„Tarek!", rief ich überschwänglich, rannte auf ihn zu und fiel ihm regelrecht um den Hals.

„Du musst mir helfen", flüsterte ich ihm ins Ohr, nachdem ich ihm einen dicken Kuss auf den Mund gedrückt hatte. „Ich vertraue Ashe nicht mehr. Das solltest du auch nicht."

Ich sah noch Tareks überraschten Gesichtsausdruck vor mir, als ich ihn auf den Mund geküsst hatte. Wäre es unter anderen Umständen gewesen, ich hätte anfangen müssen zu lachen.

Aber nach Lachen war mir ganz und gar nicht zumute.

Irgendetwas braute sich hier zusammen. Ich wusste nicht was, aber es fühlte sich nicht gut an.

Nachdem ich meinen Blaster noch einmal überprüft und in das Holster zurückgesteckt hatte, zog ich das Headset auf.

Ich kletterte über eine Leiter zu Jenna ins Cockpit des zweisitzigen Allianzjägers und schloss das Kanzeldach über uns.

Sorgfältig legte ich meinen Sicherheitsgurt an und überprüfte den Bordcomputer. Die Bildschirme vor uns auf dem Bedienfeld aktivierten sich dadurch selbsttätig.

„Jäger Eins an Leitstelle", ich betätigte die Komm-Taste. „Wir bitten ebenfalls um Starterlaubnis."

Ich startete die Triebwerke.

„Jäger Eins?", es meldete sich eine vertraute Stimme. „Sie erhalten Starterlaubnis. Schließen Sie sich Geschwader Rot an und befolgen Sie die Instruktionen."

Schon hob der Jäger vom Boden ab und wir verließen den Hangar.

Nach annähernd fünf Minuten hatten wir die Atmosphäre des Planeten durchflogen und schlossen uns den Raumschiffen an, die vor uns schillernd im All lagen.

Der Flug ins Zielgebiet war vergleichsweise kurz, wenn ich daran zurück dachte, wie lange wir gebraucht hatten, bis wir nach unserer Flucht von Eta Octanis mit dem Frachter Xanthin erreicht hatten.

Wir erreichten die Zielkoordinaten, die von den Technikern in die erbeuteten Allianzjäger einprogrammiert worden waren.

Punktgenau vor uns lag Eta Octanis.

Lediglich auf den Instrumenten war er für uns sichtbar.

Er war weg, einfach weg. Wie ausradiert, als hätte es ihn niemals gegeben. Der Schild hatte ihn in der Tat unsichtbar gemacht.

„Das ist wahrlich ein ausgeklügeltes System, was die Piraten hier entwickelt haben", sagte ich bewundernd. „Einzig und allein durch die spezielle Software wird er für uns sichtbar. Zum Glück verfügen unsere Starfighter genauso darüber, sonst würde es sehr kurze Angriffe geben. Das ist beileibe beispiellos."

Weit hinter uns lagen die fünfzehn Starfighter, mit denen wir hierher geflogen waren.

Über die Komm-Verbindung hörten wir, wie Tarek Kontakt zur Bodenstation aufnahm. „Hier spricht Xiron, wir sind von dem Erkundungsflug zurück und bitten durch den Korridor einfliegen zu dürfen."

„Das klingt professionell", sagte ich zu Jenna und musste in mich hinein lächeln. „Als würde er selbst den Piraten angehören. Langsam beginne ich ihn zu mögen."

„Er ist halt der Mann für alle Fälle", grinste sie und sah mich an.

Einmal mehr waren da die süßen Grübchen um ihre Mundwinkel, und ich zog mehrmals meine Augenbrauen hoch. Mir war klar, dass ich jetzt gerade flirtete.

Indem Tarek kurz danach die Freigabe bekam, konzentrierte ich mich darauf seinem Schiff zu folgen und übernahm die Steuerung des Jägers. Ich wusste, auch nur einen Meter vom Kurs abzuweichen, bedeutete für uns zur Staubwolke zerstrahlt zu werden.

Wir überflogen die Hauptanlage der Piratenallianz und landeten die Jäger in der Nähe mehrerer alter Gebäude.

Die Nacht brach bereits herein.

Während ich aus dem Jäger kletterte, sah ich, dass Ashe seinen längst verlassen hatte. Mit runter gezogenen und zusammengekniffenen Augenbrauen beobachtete er mich.

„Ihr wisst, was zu tun ist?" Tarek warf einen Blick in die Runde. „Wir gehen rein, schalten dieses Ding ab und verschwinden so schnell wie möglich. Danach informieren wir das Geschwader, das einen Überraschungsangriff fliegen wird."

„Bist du sicher, dass du das mit deinem Bein schaffen wirst?", fragte ich Jenna, die neben mir stand.

„Natürlich", sie zog eine leichte Grimasse. „Ist doch fast alles wieder verheilt."

Wir zogen unsere Infrarotbrillen auf und schalteten sie ein.

Als Nächstes schlichen wir im Dunkeln zu einem Bauwerk hinüber, das etwas nach vor versetzt zu dem stand, worin sich der Generator befinden sollte.

Zwanzig Meter entfernt, auf der Vorderseite, sahen wir schwer bewaffnete Männer, die den Eingang zu bewachen schienen.

Tarek zeigte auf einen Mauervorsprung.

Geduckt und leise schlichen er und Ashe hinüber und versteckten sich dahinter. Dort warteten sie.

Einer von ihnen, ein stämmiger Bursche, kam pfeifend um die Ecke, hinter der die beiden hockten.

Als er die Ecke passiert hatte, sprang Tarek hervor, schnappte ihn von hinten und nahm ihn so lange in den Schwitzkasten, bis er ohnmächtig zu Boden ging.

Ashe zog ihn neben eine von mehreren Holzkisten, die aufeinander gestapelt vor der Wand standen. Er fesselte und knebelte ihn. Sofort danach gab Tarek uns ein Zeichen.

Wir liefen los.

„Verdammt", jammerte Jenna, die hinter mir einknickte und das Knie umklammerte.

Ich kehrte zu ihr zurück und strich mit der Hand über ihre Wange. „Es geht dir nicht gut, nicht wahr?" Besorgnis lag in meiner Stimme.

Jenna schüttelte den Kopf, versuchte sich wieder aufzurichten.

Ehe wir allerdings weiter konnten, erfasste uns von hinten ein Lichtstrahl.

„Wohin so eilig?", vernahmen wir eine Männerstimme.

Dem Mann blieb, falls er es beabsichtigte, keine Gelegenheit mehr die anderen zu informieren. Denn Jenna schoss herum, zog blitzschnell ein Messer und warf es ihm gezielt in den Hals.

Er bäumte sich auf und versuchte das Messer raus zu ziehen. Dann sackte er tot in sich zusammen und schlug mit dem Gesicht zuerst auf dem Boden auf.

Als Nächstes gab es eine Abfolge von Geschehnissen, die nicht mehr aufzuhalten waren.

Im Augenwinkel sah ich das Aufblitzen eines Lasergewehrs.

Sie hatten wohl mitbekommen, dass Jenna den Kerl niedergestreckt hatte.

Rechts von uns wurde ein Pfeiler von einem Schuss getroffen.

Splitter brachen heraus und verteilten sich im seinem Radius.

Ich sah, dass einer der Kerle seine Waffe auf Jenna richtete.

Noch bevor er den Abzug betätigen konnte, rollte ich reflexartig zur Seite und legte mich schützend über sie.

Innerhalb weniger Sekunden griff ich nach meinem Blaster an der Hüfte und schoss. Dieses Mal hinterfragte ich nicht, ob ich auf Lebewesen schießen konnte oder nicht. Ich tat es einfach.

„Ups!", entwich es mir, nachdem ich bedenkenlos in Richtung der Männer schoss. Ich hatte bei dem, den ich traf, das Bein verfehlt und ihn im Schritt getroffen.

„Verdammte Schlampe!", schrie er.

Er ließ seine Waffe fallen, aus der sich noch ein letzter Schuss löste. Dieser verfehlte Tarek und Ashe nur knapp und brannte sich hinter ihnen in eine der Holzkisten, die daraufhin Feuer fing.

Mit schmerzerfüllter Fratze packte er sich mit beiden Händen dorthin, wo ich ihn getroffen hatte und ging jaulend in die Knie.

Jenna hob nur den Daumen. „Volltreffer!", prustete sie.

Dann richtete sie ihre Waffe ebenfalls in die Richtung, woher die Schüsse kamen. Sie konnte sich vor Lachen kaum auf die Schiesserei konzentrieren.

„Weißt du, du bist echt süß", sagte sie kichernd. Danach drückte sie ab.

Die Tür wollte einfach nicht aufgehen. So sehr ich auch nach Bearbeiten des elektronischen Türschlosses daran rüttelte und zog, sie blieb verschlossen. Eigentlich hätte sie aufgehen müssen. Die Elektronik war ausgetrickst und die Anzeige stand auf „Offen".

„Lass mich mal ran", sagte Tarek und schob mich beiseite.

Die Bedeutung seiner Worte kannte ich bereits. Ich kannte Tarek inzwischen recht gut.

Und wenn dieses Blitzen in seinen Augen noch hinzukam, sollte man ihm besser aus dem Weg gehen. Dieser Ausdruck endete häufig in einem Wutausbruch.

Er machte einen Schritt zurück, umfasste mit beiden Händen seinen Blaster fester und trat mit dem Fuß gegen die Tür.

Einmal, zweimal.

Beim dritten Mal dann schob sich nach Ausbrechen der Türzarge die Tür ein Stück nach innen.

„Seht Ihr? So geht das" Mit einem breitem Grinsen im Gesicht wies er mit dem Kopf auf die aufgebrochene Tür.

Wir betraten einen kleinen Vorraum, in dem sich vor uns eine weitere Tür leichterer Bauweise befand.

Tarek überlegte auch hier nicht lange und trat diese ebenfalls aus den Angeln.

Mehrere Stücke brachen heraus.

Vor uns in einem Raum stand der Schildgenerator, der den Planeten schützte und leise vor sich hin summte.

Nahe dem Generator befand sich ein Terminal, über dem sich eine Überwachungskamera befand.

Ashe entdeckte sie zuerst und zeigte mit dem Blaster darauf.

Es erübrigte sich allerdings die Frage, wie wir verfahren sollten.

Jenna zog ihren Blaster und schoss eine Lasersalve darauf ab.

Die Kamera löste sich in sämtliche Bestandteile auf und blieb in Stücke zerrissen überall im Raum verteilt liegen.

Ich wusste, nachdem mir Jenna zunickte, was zu tun war und trat an den Terminal heran. Misstrauisch schaute ich auf die Oberfläche. Das Schicksal der gesamten Föderation lag nun an meinem Können, und nicht daran nur zu zeigen, dass ich die Tastatur bedienen konnte.

Jenna stellte sich neben mich und sah interessiert zu, wie ich an die Sache heranging.

Sie nickte beifällig und spitzte die Lippen, als sie sah, wie ich die langen Befehlszeilen eintippte.

Als ich die letzte Befehlszeile eintippte und nur noch die Enter-Taste zu drücken brauchte, hörte ich Ashe hinter mir sagen: „Tu das nicht, Susanne."

Ich wusste es. Ich wusste es ganz genau. Mein Gefühl täuschte mich nicht, als ich in seinen Augen etwas sah, was mir großes Unbehagen bereitete.

Ganz langsam drehte ich mich zu ihm um, immer noch mit dem Zeigefinger über der Taste, und sah die auf mich gerichtete Waffe.

„Warum, Ashe?", fragte ich und sah ihm gerade in die Augen.

„Wieso erst jetzt? Du hättest uns schon erledigen können, als wir die Jäger verließen."

„Zwing mich nicht abzudrücken", seine Augen verengten sich.

„Ich werde nicht zulassen, dass Ihr den Schutzschild ausschaltet. Nimm also den Finger von der Tastatur!"

Obwohl mir tatsächlich mulmig zumute war, wollte ich keine Schwäche zeigen und sagte mit fester Stimme: „Das werde ich nicht tun. Dann solltest du mich töten. Und zwar JETZT."

Ganz langsam senkte ich meinen Finger auf die Taste hinab.

Jenna stand mir zugewandt.

Durch einen kurzen Blickkontakt signalisierte ich ihr den Blaster zu benutzen.

Sie verstand mich wortlos.

In Sekundenbruchteilen drehte sie sich zu Ashe um und schoss, während ich in gleichem Atemzug die Enter-Taste drückte.

Ashe, der getroffen zu Boden ging, richtete mit allerletzter Kraft seinen Blaster auf mich und drückte ein letztes Mal ab.

Ein Schuss erwischte mich darauf an meiner rechten Schulter.

„Au!", schrie ich vor Schmerzen.

Ich bäumte mich auf und blickte auf eine Wunde aus verkohlter Haut und verbranntem Fleisch.

Nachdem die Systeme herunter gefahren waren, wurde es auf dem Bildschirm schwarz. Und der Schildgenerator, der bis eben noch summte, deaktivierte sich.

Es war schlagartig ganz still.

Noch immer stand ich da und hielt meine Schulter.

„Wir müssen zu den Jägern zurück und die Flotte informieren."

Tarek stellte sich kurz vor mich und warf mir einen schnellen Blick zu.

„Tolle Arbeit", sagte er lobend, und irgendwie schien er mächtig stolz auf mich zu sein. „Lasst uns gehen."

Da er ebenso sprunghaft sein konnte, hielt er plötzlich den Kopf schief und lästerte: „Schafft Ihr das auch? Na ja, ich meine, wenn ich euch so anschaue? Die Eine hat ein kaputtes Bein, die andere ist angeschossen?"

„Altes Lästermaul!", rief Jenna und steckte den Blaster in ihr Holster zurück. „Wir stopfen dir gleich dein vorwitziges Mundwerk."

Jenna humpelnd und ich mit meiner verletzten Schulter, so eilten wir ihm hinterher.

Obgleich er sich zu ducken versuchte, schlugen und boxten wir auf ihn ein. Sofern wir kräftemäßig ausreichend dazu in der Lage waren.

Kapitel 10

Wir sahen uns einem Dutzend Frauen und Männern gegenüber, die ihre Waffen auf uns gerichtet hielten.

Bis auf einen.

Ein Schwert wirbelte in hohem Bogen durch die Luft auf mich zu und stieß die Spitze der Klinge direkt vor mir in den Boden.

„General Basani, was für eine Überraschung", sagte ich mit einigermaßen gefestigter Stimme. „Mit Ihnen hätte ich nicht gerechnet."

Basani stand auf der anderen Seite des Platzes vor unseren Allianzjägern und hatte den Blick auf den Boden gerichtet.

Dann hob er ein Stück den Kopf und schob mit seinen behaarten Händen die Kapuze zurück.

Nun blendeten mich seine stechenden Augen in der Infrarotbrille so stark, dass ich sie mir vom Kopf riss.

Meine Augen brannten. Ich kniff sie fest zusammen und rieb sie mit den Händen.

„Man hat dir Kampfkunst beigebracht", hörte ich ihn sagen.

Ganz langsam kehrte mein Augenlicht zurück.

Er griff hinter seinen Rücken und zog mit einer sicheren Bewegung ein Schwert hervor.

„Ich möchte, dass du mir deine Fähigkeiten unter Beweis stellst."

Das konnte nicht sein Ernst sein, dachte ich, während ich die Brille wieder aufzog. So weit war ich nicht. Ich hatte mit Kampfstäben gearbeitet, aber mit Schwertern? Das war noch mal eine ganz andere Nummer.

„Solltest du dich weigern", sagte Basani auf einmal, „werde ich persönlich dafür Sorge tragen, dass deine Freunde hier Qualen erleiden werden, von denen du nicht einmal ahnst, dass solche existieren."

Ich schluckte schwer und sah das Schwert vor mir, das senkrecht im Boden steckte. Mir blieb also keine andere Option.

So packte ich unentschlossen den Griff mit beiden Händen, zog es heraus und richtete es auf den Zargul.

Dann ging ich leicht in die Hocke und brachte mich in Position.

Das Schwert lag schwer in den Händen.

Durch meine verletzte Schulter fehlte mir die Kraft, aber ich hoffte, dass ich es länger führen konnte.

Ich konzentrierte mich auf meinen Gegner.

Basani stürzte sich mit seinem Langschwert und wildem Geschrei auf mich.

Instinktgesteuert hob ich mein Schwert und hielt es schützend über mich.

Es knallte laut, als Stahl gegen Stahl traf.

Das Schwert von dem General wirbelte herum.

Aber ich war nicht schnell genug den Schlag abzuwehren.

Abermals traf Metall auf Metall. Er war so heftig, dass ich nach hinten taumelte.

Dann ging ich zu Boden.

Ich musste diesen Kampf überleben. Denn wenn nicht, wäre es auch das Aus für Jenna und Tarek. Und für die Föderation.

Mit dem Rücken auf dem Boden liegend sah ich, wie der Zargul erneut mit dem Schwert auf mich los ging.

Ich riss das Schwert hoch und hielt es schützend vor meinen Körper.

Irgendwie schaffte ich es wieder auf die Füße zu kommen.

Doch dann traf mich ein Schwerthieb an meiner noch intakten linken Schulter. Er nahm mir das Gefühl für meinen Arm.

Ich schrie auf und sah, wie meine Schulter aufgerissen war und Blut heraus lief.

Unter großer Strapaze gelang mir ein letzter Schwerthieb gegen ihn.

Zunächst traf ich den Pfeiler, der auf dem Gelände stand. Der Stahl prallte von diesem mit einem fetten Funken ab.

Ich konnte das Schwert nicht mehr lange halten.

Es schleuderte zurück und traf Basani unerwarteterweise an seiner Stirn.

Ich sah, wie die Stahlklinge das goldene Horn abtrennte und
dieses in hohem Bogen durch die Luft flog.

Mit letzter Kraft und aus Angst, ich würde gleich die Besinnung
verlieren, machte ich mehrere schwankende unsichere Schritte
zurück.

Basani blieb wie angewurzelt stehen und starrte auf mich.

Er ertastete seine Stirn und sah auf das Blut in seiner Handfläche.

„Das wirst du mir büßen", schnaubte er und hob das Schwert.

Voller Wut rannte er los und lief in die Klinge hinein. Sie bohrte
sich durch seinen Körper und trat hinten am Rücken wieder nach
außen.

Er hing, nachdem er durch den Druck nach hinten gekippt war,
an meiner Klinge wie an einem Fleischspieß.

Aus der Wunde, die ich ihm zugefügt hatte, als ich das goldene
Horn abschlug, trat weiterhin Blut aus und lief ihm übers Gesicht.

Sein Schwert glitt ihm aus der Hand und fiel zu Boden.

Noch immer hielt ich mit beiden Händen das Schwert fest um-
griffen. Dieser Anblick hatte mich in eine Schockstarre versetzt.

Seine stechenden Augen visierten mich ein letztes Mal an.

Und während er mit seinen Händen die Stahlklinge umgriff, sagte
er: „Du kannst nicht gegen mich gewinnen. Niemals."

Anschließend kippte sein Kopf nach vorn und fiel leicht zur Seite.

Seine Augen schlossen sich.

Ich ließ das Schwert los und beobachtete am ganzen Körper zit-
ternd, wie der Zargul mitsamt der Klinge langsam zu Boden ging.

Es war vorbei.

Ich hielt mir mit meiner Hand die Wunde und schaute mich um.

Jenna oder Tarek waren nirgends zu sehen.

Selbst die Dutzend Frauen und Männer, die ihre Waffen auf uns
gerichtet hatten, waren weg.

Ich war allein.

Im Hintergrund hörte ich auf einmal Laserbeschüsse. Und in weiter Ferne waren gewaltige Explosionen zu sehen.

Mir fiel ein Stein vom Herzen, als ich Tarek aus einem der Allianzjäger klettern und auf mich zukommen sah.

„Die Offensive hat begonnen", er schaute auf meine Wunde, als er vor mir stand. „Die Verletzung muss dringend versorgt werden."

Ich ließ mich erschöpft auf den Boden hinab sinken.

Tarek riss einen Fetzen Stoff aus Basanis Mantel und wickelte ihn um meinen Arm.

„Wir wollten dir so gerne helfen, konnten aber nicht", seine Stimme klang sanfter. „Die waren alle so auf euch fixiert, dass Jenna und ich zwei hinter uns k.o. schlugen und so zu den Allianzjägern gelangten.

Danach setzte ich den Funkspruch an das Geschwader ab."

„Wo ist Jenna?", fragte ich , immer noch erschöpft vom Kampf.

„Ich weiß nicht. Sie war bis vor ein paar Minuten noch bei mir."

Ich sah ihm in die Augen und biss mir auf die Unterlippe. Ein entsetzlicher Verdacht stieg in mir auf.

Noch etwas zittrig und unter Anstrengung richtete ich mich wieder auf. Für einen kurzen Moment hielt ich mich noch an seiner Schulter fest.

„Ich muss in das Gebäude zurück, wo der Generator steht."

Ich wandte mich zum Gehen. „Ich suche Jenna. Hilf du mit deinem Jäger den anderen im Kampf gegen die Piratenallianz. Wir kommen nach."

Als ich den Raum betrat, wo sich der abgeschaltete Schildgenerator befand, war der Platz, an dem Ashe gelegen hatte, leer.

„Er hat sie in seiner Gewalt", murmelte ich leise vor mich hin.

Das würde lustig werden. Wo sollte ich mit dem Suchen nach ihnen beginnen?

Also ging ich wieder nach draußen.

Sie waren hier irgendwo, denn weit gekommen konnten sie nicht sein. Beide waren verletzt.

Mir ging es ähnlich, wenn ich meine Schultern sah. Ich musste mich im Griff haben, wenn ich nicht zusammenbrechen wollte.

Ich lief auf dem Gelände blind umher, denn ich kannte mich dort nicht aus.

Über mir zog Tarek in seinem Jäger gekonnt eine Schleife, winkte mir aus dem Cockpitfenster zu und flog schließlich davon.

Ich blieb stehen und konzentrierte mich.

Der Blick ging eng zwischen den beiden Gebäuden hindurch auf zwei in weiter Entfernung laufende Personen. Dort waren sie.

Ich musste mich also beeilen, wenn ich sie einholen wollte.

Mit quälenden Schulterschmerzen lief ich zwischen den Gemäuern hindurch und erreichte kurz darauf offenes Terrain.

Etwa hundert Meter von mir entfernt begann eine Hügellandschaft mit schroffen Felsen.

Da flog ein Jäger in Richtung der Hügellandschaft über mich hinweg.

Ich konnte so rasch nicht erkennen, ob es sich um einen unserer handelte oder der Allianz. Feuer stieg aus dem Cockpit.

Er flog noch ein paar hundert Meter, dann stürzte er brennend ab.

Die Erde um mich herum erzitterte. Nach der Detonation folgte ein Feuerball und eine Rauchsäule, die sicher zweihundert Meter in den Himmel ragte.

Als ich die Stelle erreichte, wo ich Ashe zusammen mit Jenna zuletzt gesehen hatte, waren sie wie vom Erdboden verschluckt.

Ich sah neben einem der vor mir liegenden Felsen das Aufblitzen eines Blasters und verbarg mich rasch hinter einem Felsvorsprung.

Ein Schuss ging neben mir in den Boden und versengte die Erde mit ihren paar Pflanzen, die darin wuchsen.

Ashe trat hinter dem Felsen hervor.

Vor sich hatte er Jenna mit dem linken Arm im Schwitzkasten und hielt ihr seinen Blaster an die Stirn.

„Wenn du nicht willst, dass ich ihr das Gehirn weg puste, solltest du heraus kommen", sagte er barsch.

Ich tat was er sagte, weil ich Angst um Jenna hatte.

„Die Waffe langsam, ganz langsam bitte auf den Boden legen."

Langsam und widerwillig beugte ich mich nach unten und legte den Blaster auf dem Boden ab.

Nun standen wir uns gegenüber. „Hier bin ich. Du kannst sie jetzt los lassen."

Der Nachthimmel im weiten Umkreis leuchtete gelbrot wie eine Fackel am Horizont. Darüber hinaus erklangen Schüsse und Explosionen. Die Luftschlacht zwischen Föderation und Piratenallianz war in vollem Gange.

Jenna versuchte sich freizubekommen. Aber er ließ sie nicht los.

„Lass Jenna aus dem Spiel", sagte ich. „Auch wenn du ein doppeltes Spiel zwischen Föderation und Piratenallianz spielst, das was hier läuft, geht nur uns etwas an."

Er sagte nichts. Der Lauf der Waffe war unerbittlich auf Jennas Stirn gerichtet. Schweiß lief ihm über die Stirn.

„Ich möchte dich noch einmal bitten sie gehen zu lassen", sagte ich leise und streckte ihm die Hand entgegen.

„Bevor ich euch töte, möchte ich nur noch wissen, warum du mich nicht lieben konntest, Susanne?" Unbändiger Zorn stand ihm ins Gesicht geschrieben.

Ohne Vorwarnung trat ihm Jenna mit der Unterseite ihres Fußes gegen das Schienbein.

„Weil sie MICH liebt, du Arschloch!", brüllte sie und wuchtete ihm den rechten Ellenbogen ins Kinn.

Er torkelte zurück und begriff nicht was geschehen war.

Jenna drehte sich zu ihm um und holte aus. Dann schlug sie ihm mit der Faust ins Gesicht.

So hart, dass er nach hinten weg kippte.

Als er nun bewusstlos am Boden lag, rieb sie sich ihre schmerzenden Handknöchel. „Und weil ich sie liebe", ergänzte sie mit leiser gewordener Stimme.

Kapitel 11

„Der ist ja nur noch Schrott", sagte Jenna erschrocken, als wir zurückkehrten. Sie starrte mich ungläubig an.

Es ging mir wie ihr, wir konnten es beide nicht begreifen.

Der Allianzjäger, der vor uns stand, bot uns den Anblick eines Haufens Schrott. Fraglich, ob er überhaupt flugfähig war.

Betont langsam ging ich um das Schiff herum. Ich musste mir einen klaren Überblick darüber verschaffen, wie heftig seine Schäden ausgefallen waren.

Falls es tatsächlich flugunfähig war, mussten wir umdisponieren um hier weg zu kommen. Aber das gestaltete sich gar nicht so einfach, zumal wir beide gesundheitlich sehr angeschlagen waren und uns vor Ort nicht auskannten.

Darüber hinaus in der Schnelle ein flugbereites Raumschiff zu finden war ebenso schwierig. Die Misserfolgswahrscheinlickeit, bei den Angriffen getötet zu werden, war extrem groß.

Jenna war in die Kanzel gestiegen.

„Die Bordcomputer scheinen intakt zu sein", hörte ich sie sagen.

Im Großen und Ganzen sah es schlimmer aus als wir dachten.

„Wir sollten es versuchen", rief ich zu ihr hoch. „Vielleicht bringt der Jäger uns wenigstens noch von hier weg. Ob er allerdings den Flug nach Hause schafft?"

Ich strich mit der Handfläche über seine Außenhaut. „Du wirst uns doch von hier wegbringen, oder?" Ein flehendes Lächeln lag auf meinem Gesicht. „Bitte sei ein ganz liebes Schiff und tu das für uns."

Schließlich kletterte ich hinauf zu Jenna ins Cockpit und schloss das Kanzeldach über uns.

„Was hattest du noch gesagt?", wollte Jenna wissen, die bereits den Sicherheitsgurt angelegt hatte. „Ich habe dich nicht verstanden."

„Habe dem Schiff gesagt, es möchte ganz lieb sein und uns von hier wegbringen", ich beugte mich zu Jenna rüber und gab ihr einen Kuss auf den Mund.

„Na, wenn's hilft?" Sie grinste und schüttelte den Kopf. „Du bist wirklich eine einmalige Frau."

Was für nette Worte. Ich wurde rot dabei. „Lass uns unser Glück versuchen."

Die Triebwerke heulten auf, verstummten aber abrupt wieder.

Ich erinnerte mich zurück an die Situation in der Fähre, als wir bei Antritt der Flucht nicht starten konnten und Ashe und Tarek sichtlich nervös nach dem Fehler in der Technik suchten.

Auf dem Bedienfeld herum zu schlagen, würde hier auch nichts einbringen. Die Bedienelemente selbst waren in Ordnung, der Vogel war halt einfach von außen angeschlagen.

Irgendwie hatten wir es letztendlich geschafft den Jäger hoch zu bekommen.

Jenna, die nun das Schiff flog, bemühte sich genügend Auftrieb zu verschaffen, doch die Triebwerke fielen immer wieder aus.

Für kurze Zeit trudelte das Schiff.

Es stabilisierte sich jedoch schnell wieder, nachdem sie erneut hoch gefahren waren.

Und jetzt blieben sie in Betrieb.

Ich strich über die Bedienelemente und sagte: „Du fliegst schön weiter, ja?"

Über die Komm-Verbindung versuchte Jenna Tarek zu erreichen.

Nach einigen Minuten kam Kontakt mit ihm zustande. „Wo seid Ihr? Ich habe mir schon Sorgen um euch gemacht."

„Unser Schiff ist stark beschädigt", sagte Jenna. „Wir hoffen, dass wir den Flug nach Xanthin unbeschadet überstehen."

Ohne weitere Vorkommnisse erreichten wir mit unserem beschädigten Allianzjäger die Umlaufbahn.

„Verdammt nochmal, die sind aber auch überall", fluchte Jenna und zog das Schiff in einer engen Wendung nach rechts.

Eine ganze Flotte von Piratenschiffen lag vor uns im Weltall, die nur darauf zu warten schien, dass eines unserer Schiffe kommen würde, um ihm anschließend den Todesstoß zu verpassen.

Kaum eine Minute verging und zwei von ihnen klebten am Heck.

„Nur nicht ausgehen", sagte ich und blickte auf die Anzeigen vor uns.

Von links kommend flog ein weiterer Allianzjäger direkt auf uns zu.

„Seht zu, dass Ihr hier weg kommt", vernahmen wir Tareks Stimme über den Kommunikator. „Die Proton ist mit weiteren Starfightern auf dem Weg hierher. Es dürfte nicht mehr lange dauern, bis sie hier eintreffen werden. Ich hoffe aber, dass wir bis dahin die Piraten ausgeschaltet haben."

Tarek war ohne lange zu überlegen in einer Linksschleife auf die beiden Allianzjäger zugeflogen, die uns dicht auf den Fersen waren.

Wir verspürten innere Unruhe angesichts der Tatsache, dass die feindlichen Jäger gerade das Feuer auf uns eröffneten.

„Unser Steuerbordantrieb ist getroffen", sagte Jenna.

Das Schiff wurde heftig durchgerüttelt.

Als wir versuchten zu entkommen, wurden wir ein weiteres Mal getroffen.

Die beschädigten Triebwerke, die immer wieder aufheulten und es den Anschein hatte, dass sie gleich ihren Dienst versagen würden, bereiteten außerdem Sorgen.

Tarek hatte die beiden Jäger in Schussweite.

Die Schiffe zerplatzten, nachdem er den Abzug mehrmals betätigte, und verwandelten sich auf der Stelle in Wolken winziger Teilchen.

„Ich bleibe an euch dran und halte euch die Piraten fern."

Er lenkte sein Schiff an unseres und schaute durch das Seitenfenster zu uns herüber. „Wie schnell könnt Ihr mit eurem Jäger fliegen?"

„Nicht schnell genug, um ihnen zu entkommen", antwortete
Jenna ruhig und gefasst. „Vielleicht sollten wir hier bleiben und
mit euch kämpfen. Die Waffensysteme sind noch intakt."
„Nichts werdet Ihr!" Seine Stimme hob sich. „Ich werde euch zurückbringen, euch und diesen defekten Allianzjäger."
Obwohl wir durch den Weltraum schlichen, konnten wir unseren
Abstand zu der Schlacht, die unwillkürlich hinter uns tobte, etwas
vergrößern.
„Schaut mal auf euren Bildschirm", hörten wir Tarek sagen. „Ret-
tung ist da. Die Proton liegt vor uns. In ein paar Minuten haben
wir sie erreicht."
Jenna hatte beinahe eine Bruchlandung im Hangar der Proton
hingelegt, aber sie war gelandet. Und uns ging es einigermaßen
gut.
Als wir aus dem Jäger stiegen, stand Tarek bereits wartend da.
„Ich bin so froh, dass es euch einigermaßen gut geht", lachte er
und schloss uns zusammen in die Arme.
„Nicht auszudenken, wenn euch etwas zugestoßen wäre."
Nach Ausschalten des Schutzschildes wussten wir, dass dieser
Krieg bald zu Ende sein würde.
Ein bewaffneter Konflikt, der schon Jahrzehnte fortbestand. Und
am Ende keimte nun ein Funken Hoffnung auf Frieden in uns auf.

Ich wusste nicht, ob es sich nur einen Traum handelte oder ob es
Wirklichkeit war. Ich spürte, wie Hitze in mein Gesicht stieg, der
Kopf mir zu zerspringen drohte.
Mein ganzer Körper vibrierte, wurde etliche Male von Fieberan-
fällen durchgeschüttelt, und meine Augen brannten wie Feuer.
Ich sah nichts.
Meine Augen. Was war mit ihnen? Dunkelheit umgab mich, tota-
le Dunkelheit. Ich konnte sie nicht öffnen.
Mit beiden Händen ertastete ich den Verband um meinen Kopf.
Unvermittelt kehrte die Erinnerung zurück. Es war wie ein Film,

der vor meinen Augen ablief. Da war diese Turbine direkt vor mir, wie der Dampf von ihr ausgestoßen wurde, geradewegs in mein Gesicht.

Ich taumelte und stürzte. Dann wurde ich für kurze Zeit besinnungslos.

Ein Schrei, ein grässlicher Schrei. War dies meine Stimme?

Jenna. Ich hörte sie sprechen. Ich solle mich beruhigen und hinlegen? Bald seien die Schmerzen vorbei?

Sie waren alle so besorgt um mich. Aber nicht einer schien mich zu verstehen, sich in meine Lage versetzen zu können.

Dieses Stechen, dieses entsetzliche Stechen in beiden Augen.

Ich fühlte, wie jemand meine Hand nahm und mir leise zusprach. Doch ich verstand oder erkannte ihn nicht. Alles war so weit entfernt, als lägen Welten zwischen uns.

Ich kam mir so hilflos vor, wünschte mir ich wäre tot.

Was war dies für ein Leben, wenn man nicht sehen konnte?

Abermals die Erinnerung: Ich sah eine Turbine, bekam mit, dass damit etwas nicht in Ordnung war.

Und ich sah Jenna, wie sie darauf zuging. Hörte meine Stimme, die als Nächstes sagte: „Lass, ich mache das schon".

Ich stand dicht davor und blickte hinein.

In Bruchteilen von Sekunden schoss kochend heißer Dampf aus ihr heraus - direkt in mein Gesicht.

Schmerzen folgten und Finsternis...

Eine wohlklingende Männerstimme neben mir sprach: „Die Verletzungen waren sehr schwer. Zuerst dachten wir, wir könnten ihr Augenlicht nicht retten. Aber sie wird es gottlob zurück erlangen. Hierüber bin ich sehr glücklich."

Mit wem er über mich sprach, das wusste ich nicht.

Zu meiner Überraschung konnte ich durch den Verband hell und dunkel unterscheiden. Zwei Silhouetten neben dem Bett.

„Ich werde Sie dann mal alleine mit ihr lassen. "

Die Schritte des Mannes verhallten im Raum.

Etwas weiter von mir entfernt konnte ich das leise Geräusch vom Öffnen einer Schiebetüre wahrnehmen. Und noch während er hindurch trat, ergänzte er: „In absehbarer Zeit werden wir ihr den Verband abnehmen. Die Netzhaut müsste sich dann wieder regeneriert haben."

Ich fühlte, wie die Person, die sich noch im Raum befand, dicht an mein Bett herangetreten war.

Ich bewegte meine Lippen, wollte etwas sagen, kam jedoch nicht mehr dazu.

Da waren zwei Hände, die sich zärtlich um mein Gesicht legten sowie Lippen, die die meinen berührten. Und ich ertappte mich dabei, dass ich diesen innigen Kuss erwiderte. Mein Herz schlug mir bis zum Hals und meine Handinnenseiten wurden feucht.

„Ach Susanne", seufzte Jenna. „Und wieder stehe ich in deiner Schuld. Manchmal kommt es mir so vor, als hätte man dich mir als persönlichen Schutzengel gesandt."

Epilog

Bevor ich in die Raumfähre stieg, hatte ich Jenna noch mal liebevoll in die Arme genommen und sie gebeten, mir etwa drei Stunden auf meinem Heimatplaneten zu geben.

Ein wenig traurig hatte sie mir nachgeschaut, bevor ich den Knopf drückte, der die Luke schloss.

Während sich die Offshore-Luke langsam nach unten senkte, trafen sich unsere Blicke, und eher etwas wehmütig sagte ich: „Jenna, Ich komme zurück, das verspreche ich."

Ich hatte dort oben meine neue Familie gefunden, dessen war ich mir tief im Herzen sicher.

Aber noch wichtiger war, hier auf Mutter Erde Elena, bevor ich für immer ging, zu sagen, dass ich noch lebte und sie sich keine Sorgen zu machen brauchte. Auch wenn ich ihr damals zweifellos das Herz brach. So wie auch Florian.

Diese drei Stunden waren nun wie im Flug vergangen.

Jetzt hieß es Abschied nehmen, wenn er auch bitter war.

„Ja, so hat es sich dort oben zwischen den Sternbildern zugetragen", ein Lächeln lag mir, während ich zu Elena hinüber sah, auf dem Gesicht. „Es wird Zeit für mich zu gehen."

Diese traurigen Augen, die über den Rand der Brille zu mir hinüber schauten, sie hinterließen einen heftigen Stich in meinem Herzen.

Als wir uns nun gegenüber standen, waren wir es Beide die anfangen mussten zu weinen.

„Pass auf dich auf, Elena", schluchzte ich und umarmte sie.

„Du auch, Susanne."

Jeder von uns fiel es endlos schwer den anderen los zu lassen.

Also war ich diejenige, die sich aus der Umarmung löste, denn Jenna und die anderen warteten auf meine Rückkehr.

Der Kreuzer musste weiter fliegen.

Mit meiner rechten Hand wischte ich ihre Tränen weg.

„Ach, Elena."

Während meiner Erzählung hatte ich sie gefragt, ob sie nicht mitkommen wolle. Aber sie hatte mit den Worten abgesagt, dass sie schon zu alt dafür sei, um noch einmal neu anzufangen. Sie erfreue sich aber, dass sich endlich mein Wunschtraum erfüllt habe.

Das sollte nun das letzte Mal gewesen sein, dass ich sie sah.

Vor der Landephase in den Hangar des Kreuzers Proton schlug mir mein Herz wieder fast bis zum Hals.

Ja, ich freute mich riesig auf die Rückkehr zur Proton.

Ich hatte endlich meinen Ruhepol gefunden, meine Heimat, mein Leben. Und meine Liebe.

Und das alles wollte ich von Herzen gerne führen.

Ich zog mit der Raumfähre eine leichte Kurve und ging in Sinkflug über. Am Ende des Landedecks schaltete ein Licht von Rot auf Grün um, das mir signalisierte, dass diese Landebucht für mich reserviert war.

Die Triebwerke schalteten auf Umkehrschub, wodurch sich die Landegeschwindigkeit reduzierte, und im Hintergrund zündeten im selben Moment die Bremsdüsen.

Nachdem ich die Fähre exakt auf den Platz aufsetzte und den Knopf für das Öffnen der Offshore-Luke betätigte, zog ich den Helm ab und legte ihn auf seinen dafür vorgesehenen Platz.

Ich erhob mich nach Lösen des Gurtes vom Pilotensessel und verließ das Schiff.

Jenna stand mir direkt gegenüber, und da war es wieder, dieses atemberaubende Lächeln und dieser Glanz in den blauen Augen.

Ich beugte mich vor und küsste sie zärtlich.

Zu meiner Verwunderung küsste sie mich mit kaum gezügelter Leidenschaft zurück.

Nach einem langen intensiven Kuss mit Nebenerscheinung Gänsehaut und butterweichen Knien beugte ich mich wieder langsam zurück und schaute sie direkt an.

Aus dem Augenwinkel heraus sah ich Tarek. Er musste uns wohl beobachtet haben.

Ich zwinkerte ihm zu und lächelte.

Wie recht er doch damit hatte, mir so intensiv im Cockpit des Frachters den Kopf zu waschen.

Dann wandte ich mich Jenna zu. „Es ist alles so verdammt tief in mir", sagte ich leise. „Ich liebe dich. Ich habe dich von Anfang an geliebt. Nur wollte ich es mir nicht eingestehen. Aber das weißt du ja sicherlich."

„Das weiß ich." Jenna nickte. „Auch ich liebe dich aus tiefstem Herzen. Komm lass uns gehen."

Wir nahmen uns an den Händen und gingen Richtung Ausgang...

Ende

© Judith Hohmann

Fortsetzung folgt...

137

Bonusgeschichte

von Judith Hohmann

Der Geist im Schreibtisch

Als Jessica den Schreibtisch in dem Gebrauchtwarenkaufhaus sah, dachte sie, dass dies genau so ein Möbelstück war, wonach sie stets suchte.

Ein kleiner weißer Tisch, nicht breit und tief, links eine Tür, einem dahinterliegenden Fach sowie einer breiten Schublade.

Schon lange suchte sie nach solch einem kleinen kompakten Tisch, an dem sie ihre Kunstwerke fertigen konnte.

Obwohl klein, kostete es sie Mühe, diesen in ihr Arbeitszimmer im ersten Obergeschoss im Elternhaus zu schaffen.

Ihre Nachbarin half ihr glücklicherweise dabei.

In Liebe und Geduld machte sie ihn daraufhin sauber.

Die Zeit danach war voller Inspirationen.

In einem Künstlerladen ganz in ihrer Nähe fand Jessica auf einmal besondere Künstlerstifte, von denen sie zuvor noch nie etwas gehört hatte.

Immer, wenn die junge Frau Zeit hatte, und das war jede freie Minute, setzte sie sich an diesen für, wie sie fand, idealen Tisch und fing an zu zeichnen.

Nachdem sie sich dann auch noch eine Tischstaffelei zulegte, gingen all ihre Vorstellungen in Erfüllung. Wenn sie kreativ wurde, verlor sie mit einem Male das Zeitgefühl und driftete in eine Welt ab, in der sie noch nie zuvor gewesen war.

Jedes ihrer kleinen Kunstwerke gelang ihr auf Anhieb.

So wie sie diese vor ihrem inneren Auge sah, wie sie auszusehen hatten, brachte sie sie im Original zu Papier.

Und wie wunderschön.

Jessica erinnerte sich unvermittelt an ihrem Großonkel Hans, den Bruder ihrer Großmutter mütterlicherseits.

Wie Jessica hatte er sich der Kunst verschrieben.

Leider konnte sie sich nur noch vage an ihn entsinnen, denn sie war noch ein Kind, als dieser starb.

Einige Male träumte sie sogar von Hans.

Wenn sie außerdem an diesem kleinen weißen Tisch saß, sah sie sein Gesicht vor sich. So viele Jahre hatte sie nicht mehr an ihn gedacht, diesen Teil der Erinnerung gar aus ihrer Kindheit verdrängt. Es war beinahe unheimlich.

Eines Abends, nachdem sie wieder eine Zeichnung beendet und die Lampe über dem Tisch ausgeschaltet hatte, fragte sie unvermittelt leise in den Raum: „Wer hilft mir dabei, diese Werke hier so toll zu gestalten? Ich weiß, dass ich das nicht alleine bin."

Und wie aus dem Nichts hörte sie eine Stimme sagen: „Dein Geist im Schreibtisch, dein Onkel Hans."

Heftige Gänsehaut überkam sie.

Es war das einzige Mal, dass sie diese Worte wie aus dem Nichts wahrnahm. Auch wenn sie es nicht so ganz fassen konnte, wollte sie es glauben und so annehmen wie es war. In Dankbarkeit.

Unglaublich, aber wahr...

Ende
© 01/2017

Ich danke Ingrid Peschel für die Inspiration zu obiger Geschichte.

FSC
www.fsc.org
MIX
Papier | Fördert
gute Waldnutzung
FSC® C083411

Zeitfracht Medien GmbH
Ferdinand-Jühlke-Straße 7
99095 Erfurt, Deutschland
produktsicherheit@kolibri360.de